蘋果園

關露　著

關露（一九〇七年—一九八二年）

原名胡壽楣，筆名關露、芳君、夢茵等，生於山西省右玉縣。關露是上海灘年代與丁玲、張愛玲齊名的著名作家，更是民國史上受中共派遣、少有的打入日偽內部的女特工。由於特殊的身份和使命，關露一生蒙受不少誤解。在她身上，才女、漢奸、特工，三個身份糾纏了她一生。一九四九年後，除了兒童文學作品《蘋果園》和一些獄中詩，她沒有發表過一部作品。

總序一

兒童文學的歷史與記憶

林文寶

大陸海豚出版社所出版之中國兒童文學經典懷舊系列，要在臺灣出版繁體版，這是臺灣兒童文學界的大事。該套書是蔣風先生策劃主編，其實就是上個世紀二、三十年代的作家與作品，絕大部分的作家與作品皆已是陌生的路人。因此，說是經典有失嚴肅；至於懷舊，或許正是這套書當時出版的意義所在。如今在臺灣印行繁體版，其意義又何在？

考查各國兒童文學的源頭，一般來說有三：

一、口傳文學

二、古代典籍

三、啟蒙教材

而臺灣似乎不只這三個源頭，綜觀臺灣近代的歷史，先後歷經荷蘭人佔據三十八年（一六二四－一六六二），西班牙局部佔領十六年（一六二六－一六四二），明鄭二十二年（一六六一－一六八三），清朝治理二〇〇餘年（一六八三－一八九五），以及日本佔據五十年（一八九五－一九四五）。其間，相當長時間是處於被殖民的地位。因此，除了漢人移民文化外，尚有殖民者文化的滲入；尤其以日治時期的殖民文化影響最為顯著，荷蘭次之，西班牙最少，是以臺灣的文化在一九四五年以前是以漢人與原住民文化為主，殖民文化為輔的文化形態。

一九四五年十月二十五日國民黨接收臺灣後，大陸人來臺，注入文化的熱血液。接著一九四九年十二月七日國民黨政府遷都臺北，更是湧進大量的大陸人口。而後兩岸進入完全隔離的型態，直至一九八七年十一月臺灣戒嚴令廢除，兩岸開始有了交流與互動。一九八九年八月十一至二十三日「大陸兒童文學研究會」成員七人，於合肥、上海與北京進行交流，這是所謂的「破冰之旅」，正式開啟兩岸兒童文學交流歷史的一頁。

其實，兩岸或說同文，但其間隔離至少有百年之久，且由於種種政治因素，目前兩岸又處於零互動的階段。而後「發現臺灣」已然成為主流與事實。

因此，所謂臺灣兒童文學的源頭或資源，除前述各國兒童文學的三個源頭，又有受日本、西方歐美與中國的影響。而所謂三個源頭主要是以漢人文化為主，其實也就是傳統的中國文化。

臺灣兒童文學的起點，無論是一九〇七年（明治四〇年），或是一九一二年（明治四十五年／大正元年），雖然時間在日治時期，但無疑臺灣的兒童文學是屬於華文世界兒童文學的一支，它與中國漢人文化是有血緣近親的關係。因此，了解中國上個世紀新時代繁華盛世的兒童文學，是一種必然尋根之旅。

本套書是以懷舊和研究為先，因此增補了原書出版的年代（含年、月）、出版地以及作者簡介等資料。期待能補足你對華文世界兒童文學的歷史與記憶。

林文寶，現任臺東大學榮譽教授，曾任臺東大學人文學院院長、兒童文學研究所創所所長、亞洲兒童文學學會臺灣會長等。獲得第三屆五四兒童文學教育獎，中國文藝協會文藝獎章（兒童文學獎），信誼特殊貢獻獎等獎肯定。

總序二

原貌重現中國兒童文學作品

蔣風

今年年初的一天，我的年輕朋友梅杰給我打來電話，他代表海豚出版社邀請我為他策劃的一套中國兒童文學經典懷舊系列擔任主編，也許他認為我一輩子與中國兒童文學結緣，且大半輩子從事中國兒童文學教學與研究工作，對這一領域比較熟悉，了解較多，有利於全套書系經典作品的斟酌與取捨。

一開始我也感到有點突然，但畢竟自己從童年開始，就是讀《稻草人》《寄小讀者》《大林和小林》等初版本長大的。後又因教學和研究工作需要，幾乎一而再、再而三與這些兒童文學經典作品為伴，並反復閱讀。很快地，我的懷舊之情油然而生，便欣然允諾。

近幾個月來，我不斷地思考著哪些作品稱得上是中國兒童文學的經典？哪幾種是值得我們懷念的版本？一方面經常與出版社電話商討，一方面又翻找自己珍藏的舊書。同時還思考著出版這套書系的當代價值和意義。

中國兒童文學的歷史源遠流長，卻長期處於一種「不自覺」的蒙昧狀態。而清末宣統年間孫毓修主編的「童話叢刊」中的《無貓國》的出版，可算是「覺醒」的一個信號，至今已經走過整整一百年了。即便從中國出現「兒童文學」這個名詞後，葉聖陶的《稻草人》出版算起，也將近一個世紀了。在這段不長的時間裡，中國兒童文學不斷地成長，漸漸走向成熟。其中有些作品經久不衰，而一些作品卻在歷史的進程中消失了蹤影。然而，真正經典的作品，應該永遠活在眾多讀者的心底，並不時在讀者的腦海裡泛起她的倩影。

當我們站在新世紀初葉的門檻上，常常會在心底提出疑問：在這一百多年的時間裡，中國到底積澱了多少兒童文學經典名著？如今的我們又如何能夠重溫這些經典呢？

在市場經濟高度繁榮的今天，環顧當下圖書出版市場，能夠隨處找到這些經典名著各式各樣的新版本。遺憾的是，我們很難從中感受到當初那種閱讀經典作品時的新奇感、愉悅感、崇敬感。因為市面上的新版本，大都是美繪本、青少版、刪節版，甚至是粗糙的改寫本或編寫本。不少編輯和編者輕率地刪改了原作的字詞、標點，配上了與經典名著不甚協調的插圖。我想，真正的經典版本，從內容到形式都應該是精致的、典雅的，書中每個角落透露出來的氣息，都要與作品內在的美感、精神、品質相一致。於是，我繼續往前回想，記憶起那些經典名著的初版本，或者其他的老版本——我的心不禁微微一震，那裡才有我需要的閱讀感覺。

在很長的一段時間裡，我也渴望著這些中國兒童文學舊經典，能夠以它們原來的面貌重現於今天的讀者面前。至少，新的版本能夠讓讀者記憶起它們初始的樣子。此外，還有許多已經沉睡在某家圖書館或某個民間藏書家手裡的舊版本，我也希望它們能夠以原來的樣子再度展現自己。我想這恐怕也就是出版者推出這套書系的初衷。

也許有人會懷疑這種懷舊感情的意義。其實，懷舊是人類普遍存在的情感。它是一種自古迄今，不分中外都有的文化現象，反映了人類作為個體，在漫長的人生旅途上，需要回首自己走過的路，讓一行行的腳印在腦海深處復活。

懷舊，不是心靈無助的漂泊；懷舊也不是心理病態的表徵。懷舊，能夠使我們憧憬理想的價值；懷舊，可以讓我們明白追求的意義；懷舊，也促使我們理解生命的真諦。它既可讓人獲得心靈的慰藉，也能從中獲得精神力量。因此，我認為出版本書系，也是另一種形式的文化積澱。

懷舊不僅是一種文化積澱，它更為我們提供了一種經過時間發酵釀造而成的文化營養。它為認識、評價當前兒童文學創作、出版、研究提供了一份有價值的參照系統，體現了我們對它們批判性的繼承和發揚，同時還為繁榮我國兒童文學事業提供了一個座標、方向，從而順利找到超越以往的新路。這是本書系出版的根本旨意的基點。

這套書經過長時間的籌畫、準備，將要出版了。

我們出版這樣一個書系，不是炒冷飯，而是迎接一個新的挑戰。

我們的汗水不會白灑，這項勞動是有意義的。

我們是嚮往未來的，我們正在走向未來。

我們堅信自己是懷著崇高的信念，追求中國兒童文學更崇高的明天的。

二〇一一年三月二〇日

於中國兒童文學研究中心

蔣風，一九二五年生，浙江金華人。亞洲兒童文學學會共同會長、中國兒童文學學科創始人、中國國際兒童文學館館長。曾任浙江師範大學校長。著有《中國兒童文學講話》《兒童文學叢談》《兒童文學概論》《蔣風文壇回憶錄》等。二〇一一年，榮獲國際格林獎，是中國迄今為止唯一的獲得者。

目錄

第一部

一

一九四八年，秋天來到了大連。大連街上的人都在吃蘋果。

大連是一個出產蘋果的地方；大連郊外的山坡上，有一個著名的蘋果園子，果園裡有果樹，樹上結滿了蘋果。

蘋果是圓的，皮上亮亮地發光，看上去好像是發光的皮球。

蘋果的顏色有紅的和綠的；紅的像紅寶石，綠的像綠翡翠。

蘋果很香；只要你們走進果園，到處都是香的；樹林裡面是香的，樹林外面是香的，樹林後面的山坡上是香的；樹林前面的大廣場上也是香的！

秋天才開始，太陽照在人身上，人的皮膚還覺著發燙。

一個下午，火紅的太陽照滿了蘋果園，也照滿了蘋果園後面的山坡。

山坡上有一塊荒地，荒地上長了許多亂草，亂草當中堆滿了小碎石頭。

在這片荒地上，老百姓帶了鏟子和犁鋤，他們在開荒。他們打算把那些亂草拔掉，把碎石子搬開，把泥土弄鬆了種糧食。

這些老百姓都是我們中國人，但是在中國老百姓當中，有許多蘇聯戰士。他們已經幫我們打跑了日本帝國主義，現在又來幫我們的老百姓開荒，運肥料。他們把一大車一大車的碎石頭拉走，又把一大車一大車的肥料運來。

蘇軍的樣子很和藹，他們用中國話和老百姓談天，有的還把手一搭搭在老百姓的肩上，用打火機給他們點煙袋和煙捲。中國老百姓也和他們說說笑笑，教他們唱老百姓的歌。

山坡對面有一所高大的瓦房。瓦房前面有一塊大的空地，空地上有一大群小孩子。

這些小孩子都穿得很乾淨，很整齊；他們的臉都長得紅紅胖胖。他們的樣子很高興，活潑。他們在廣場上跑來跑去；一會兒大家聚在一起，一會兒又各自分開。另外還有一些就化了裝，敲著鑼，敲著鼓，練習秧歌。

另外還有些就聚在一起唱歌。他們唱的是：

一山蘋果樹樹紅，
蘇軍解放大關東；

流浪的兒童有家住，
窮苦的人們有田種！
人人擁護史達林，
人人擁護毛澤東；
一朵紅花像太陽，
慶祝勞動的小英雄！

蘇軍解放大關東，
糧食豐收果子紅；
翻身解放要中蘇好，
結果豐收靠勞動！
人人都擁護史達林，
人人都跟隨著毛澤東；
支前生產敵人垮，
幸福光榮給兒童！

唱完了歌，大家就哄呀哄地嚷起來：

「大家不要走開，就要開會了！」

「到屋子裡去吧！」

「特等模範還沒有來呢！」

「在屋裡睡覺呢！」

「沒有，我看見他上山去了！」

這時候，大瓦屋裡出來一個年輕的女同志。她的身個子長得不高不矮，不胖不瘦。她的臉是黃的，但是有一層好看的紅光，她的精神飽滿。她的眼睛是細而長的，眼珠子很亮。她的頭髮被風吹得一飄一飄，顯得又漂亮，又能幹，又使人歡喜。

這位女同志一出大門，立刻向大家招招手，然後笑嘻嘻地，高聲地嚷著：

「人不來就去找啊！又來吵吵鬧鬧的！」

這位女同志是勸業兒童小學校裡的教師。最近學校叫她負責，把這批孩子領到果園裡來包蘋果。她姓湯，大家都管她叫湯老師。

那堆孩子仍舊在吵，湯老師的話他們沒有聽見。

這時候，大房子裡又跑出一個女孩子，她飛快地跑到那堆吵鬧的孩子旁邊，用又高又尖的聲音叫起來：

「聽見沒有，湯老師說話了！叫大家不要吵！人不見了就去找人！」

大家不吵吵鬧鬧了，但是都東張西望，好像那個女孩子的話他們沒有聽懂。於是那個女孩子又喊：

「老師說，就要開會了，把走開的人通通找回來！」

這個女孩子的臉又青又瘦，身個子又細又長；一腦袋細黃毛，稀疏疏地披在脖子上，好像要被風吹跑的樣子。她今年已經十四歲了，可是看樣子只有十二歲。一看就知道她是小時候受過難，受過苦的。她在學校裡很守紀律，學習很好；她總是一板正經，不大說笑，但是笑起來的時候大家都喜歡，覺著她是自己的好朋友。她對誰都好，不管誰的事情她都肯幫助。因此小孩子都聽她的話，選她為小組長。她的姓名連在一起叫李秀英，為了簡單明瞭，大家就叫她小組長。

小組長喊過第二遍之後，原來哄在一堆的小傢伙就像一窩蜜蜂樣一哄而散，跑到四面八方去叫喊：

「王貴德！王貴德！王貴德！開會了！」

大家都照樣叫了一陣，可是老聽不見一點回音。

「為什麼呢，王貴德怎麼叫不到呢？到哪裡去了呢？」有一個孩子自言自語的，最後大聲叫起來：

「壞了，別掉下井去了！」

「不會的，上山睡覺去了！」另外一個小傢伙反對他。

「睡覺去了？為什麼不告訴我們呢？」另一個小傢伙在咕嚕著埋怨他。

「對了，他要掉下井去，也要先告訴我們的！」又一個小傢伙悄悄地說，他顯然在耍俏皮呢！

於是，一個小點的孩子就說：

「再胡說八道，要受批評了！」

大家安靜了一陣子，不過兩分鐘光景，又嘩嘩地嚷起來：

「對了，準是上園子裡睡覺去了。他好幾星期沒睡午覺呢！」

「不睡午覺？早上也不睡！天不亮就爬起來了！」

「對啦！他的小嘴巴子都尖了，更像個小毛猴啦！」

找不到王貴德，只好又大夥湊在一起，你一句我一句，嘰哩喳啦地亂嚷。

「怎麼啦，又泡蘑菇啦！找一個人還要開個小會討論一下嗎？」小組長又嚷起來。

大家望一望小組長，小組長微微地笑著，鼓了一鼓眼睛，大家又哄哄地散開，哇啦哇啦地叫起來：

「王貴德，王貴德，開會了！」

「王貴德長了小翅膀，飛到樹上去了！」一個搗蛋的孩子嚷起來。

大家一面叫著，一面又唱起歌來：

一山蘋果樹樹紅，
人人都跟著毛澤東！
窮苦的人們有田種，
流浪的兒童變英雄！

果園裡，在一大片蘋果樹當中，有一棵樹長得最矮，蘋果結得又大又多。蘋果太多了，樹枝就墜下來，向四面八方撐開，就像一把撐開的大傘。

就在這把蘋果樹做成的大傘下邊，躺著一個小男孩子。他光著腳，敞開藍布短衫，仰著頭，臉衝向吊在空中的蘋果，呼呼地在睡覺。

蘋果遮著他，給他擋住太陽。但是有一道陽光從幾個蘋果當中偷偷地擠進來，照著他的臉跟他的胸脯。他的臉是黑黑紅紅的，腦門子和胸脯上都冒著一些閃亮閃亮的汗珠。我們看到這副樣子，一下子就知道，他是一個很好的勞動兒童。

就在他那冒著汗珠的胸脯上，放著他的右手。他這隻右手上只有四個整齊的指頭，食指上的一半缺掉了，突頭突腦的，像一個沒有長好的小紅蘿蔔。一看就知道，他這個指頭是爛掉了的！

這個孩子看樣子大概有十二歲，他的姓名連在一起叫王貴德，外號叫缺指頭。他是勸業工廠附小的一個學生。最近因為保護蘋果，成績優良，被選為特等勞動模範。

這兩個星期以來，王貴德因為要趕快完成任務，去突擊包蘋果，每天天不亮就起床，中午不睡午覺。現在他的工作完畢，他很疲勞，但是很高興，就一個人跑到蘋果園裡，欣賞他自己的勞動成績，看他自己包的果子。

夕陽從樹林外邊鑽進來，把蘋果晒得暖烘烘的，發出一種迷人的香氣。這種香氣把他催眠了，他就在這個仙境一樣的果樹林裡，找了一塊陰涼的地方，倒在地下，做起夢來了。在莊屋前面，那批小孩鬧哄哄地在尋找，要找去開慶功大會的那個特等模範，就是這個小傢伙。

大家叫他他沒有聽見，他在又香又甜的夢裡，聽著一個很有趣的故事。這個故事就是關於他自己的。

二

日本帝國主義統治大連的時候，大連有個有名的貧民窟，這個貧民窟叫作峙兒溝。

峙兒溝，在一條火車道附近，那裡有個大雜院子。院子又破又爛。院子的天井裡堆了許多破爛東西，有亂草，有木柴，有長鏽的破鉛皮，有長了綠黴、顏色看不清楚的破棉花和破布。還有破玻璃，破簾子，破門板。

在大雜院裡住的人，也跟這些東西一樣，穿得破破爛爛的。他們的職業是，有賣菜的，有打草繩的，有趕大車的，有給人洗衣服糊格褙的，有唱蓮花落的，還有跳大神的。

這個破雜院裡住了一個小孩子，他的名字叫王貴德。

王貴德有一個父親，有一個母親。

王貴德的父親在街上趕大車。他把糞送到鄉下去給人肥田，把鄉下的白菜蘿蔔和蔥拉到街上來賣。他有一輛大車，租了一匹騾子。不管下雪颳風，他都在街上趕著大車呼呼跑。

王貴德的母親給人洗衣服，把人家穿得烏黑的衣服洗得雪白雪白的。沒有衣服洗的時候，她就糊格被。她藏了一堆破布，趕到天好，太陽亮晃晃的時候，她就煮一鍋漿糊，卸下一塊門板，把門板上刷上漿糊，把破布一層一層地貼上去。然後把門板搬到太陽下面，兩頭靠起，中間架空。門板上的破布給太陽一晒，就變成一塊一塊的、又硬又脆的格被；然後賣給人做鞋。你們看，我們腳上穿的這種布鞋底，這些格被就是她這樣糊起來的。

王貴德自己就每天早上背個簍子，拿著一把很長的火鉗，到火車道旁邊去撿煤渣。

因為他們一家三口都勞動，大雜院裡的人就說：

「你看他們人肯幹，好過活！」

說到王貴德的樣子，那就沒有什麼特別。他有一張圓臉，上面寬，下面比較尖；嘴巴子胖胖的，黑裡帶紅。不管春夏秋冬，他的臉上總有幾朵黑黑的花紋，人家叫他「四季花」。王貴德的眼睛細而又長，眼角有些往上翹，鼻子又小又尖，嘴是圓圓的，像個小蛆菜；這些東西長在王貴德那張小圓臉上，倒像一個小姑娘。

因此大雜院裡的人就開他玩笑，叫他：「小姑娘！」「小姑娘！」

王貴德不懶惰，他每天起得很早，起來以後，就幫他父親拌料，把豆子皮和稻草拌在一起，拌好以後去喂騾子。喂完騾子，幫父親套車。等父親走過，他就拿一把長火鉗、一個簍子，背到軌道旁邊去撿煤渣。

撿好煤渣，回家來幫母親幹事。他母親做飯，他燒草。他幫母親切菜，幫母親晒衣服。他把他母親給別人洗的衣服晾得好好的。總之，家裡的事他什麼都幹，因為他看見他的父親和母親總是忙得呼呀呼的。

王貴德幹事負責。比方，如果哪天天氣不好，刮大風，把他母親洗的衣服吹到地下，他就去撿起來。如果掉在地下弄髒了，他就告訴他母親，說衣服弄髒了。然後他就打桶水放在盆裡，讓他母親重新洗過。因為他知道，他的母親是忠實的，給人洗衣服一定要洗得好，洗得乾淨。

王貴德愛護公共的地方，有空的時候，他就去掃院子。因為他父親說過，大家住的院子，大家都要去收拾。

王貴德很誠實，不說假話。如果他在別人家裡玩，弄壞了別人的東西，他就告訴人，他弄壞了別人的東西。並且他要賠給人家。有一次，他到隔壁去玩，把人家的廚房門打開，——他忘記關了——放了一個大貓進去。貓吃了人家一條小魚和兩個餃子。那家人不知道是王貴德放的貓，他們說：「啊呀，貓怎麼進來了？」王貴德就承認是他放的。王貴德家裡沒有魚和餃子，他就拿了一碗海螺去賠給人家。因為他母親說過，靠力氣賺飯吃的人，是要誠實的。

王貴德不貪愛別人的東西。別人在院子裡晒了好吃的東西，不管多麼好吃，他從來不拿。如果他撿到別人的東西，他一定要給人送回去。因為父親說過，人家的東西是流了汗賺來的，把人家流了汗賺來的東西拿走，這個人是不好的。

王貴德不愛閒串門，他知道閒串門不好。因為他父親說過：「勤苦有飯吃，閒串餓肚子！」「青草不會變糧食，黃泥不會變包子！」

王貴德的父親很老，人家都叫他王老頭。王老頭是一個好人，又勤儉，又肯幹，又耐勞。一天幹到晚，從來不說「累死了！」「累死了！」

王老頭很老實，不會想怪念頭，不會說叫人愛聽的假話。因為這樣，壞人就欺負他。

有一次，一個冬天的下午，天氣陰沉沉，雪花在空中飄呀飄的，白菜蘿蔔都凍了冰。王老頭把一車糞送到鄉下，送到一家地主的隔壁。

糞剛送到，天黑了，他不能回家趕晚飯了。他帶的苞米餅凍成硬的，吃不進嘴。他就在大道上撿了一點碎柴，跑到地主的豬圈旁邊，燒了一點火，烤他的餅子。烤好餅子，他就吃，吃飽了，就回家。

這一下子事情壞了！王老頭烤完苞米餅的第二天，大清早上地主就嚷：「豬不見了！豬不見了！」查查看，真是一隻豬不見了。

地主就報告保甲，叫保甲去找豬抓人。你們說，這上哪抓去？可是保長有辦法，他派人跑到王老頭家，把王老頭抓去。抓了王老頭，他就告訴他：

「把豬還來！豬不還來是不行的！」

這是怎麼回事呢？王老頭偷人的豬，怎麼連他自己也不知道呢？

我們明白，是這麼一回事：這個保甲呀，他看見王老頭把大車趕來趕去的，心裡就捉摸：

「這倒不錯呢，看他倒有兩個錢呢！」捉摸好了，就把地主的豬藏起來，冤王老頭。他心想，王老頭給他一冤，心裡害怕，就偷偷地送他幾個錢，這麼一來，他就把豬放出來。

可是王老頭他偏不這麼幹；他沒有偷豬，他就說他沒有偷豬。他幹什麼要說他偷豬呢？他就說：

「俺趕大車賺飯吃，俺才不偷豬呢！」

保甲逼他承認，他就死不承認。這下子保甲動了火，叫人把王老頭的騾子也拉走，連人帶騾子一起交給地主，作為交差。

地主就沒收了王老頭的騾子，又罰王老頭做了一個月工，不給工錢。把王老頭放走的時候，又叫人揍了他一頓扁擔，作為出氣。

王老頭回到家，身上又疼，心裡又氣；可巧騾子的主人又來要騾子。王老頭就一句話不說，一頭倒在炕上。他睡了五天，不吃也不喝，趕到第六天就斷了氣！

王老頭死了，王貴德的母親把大車賣掉，又賣了一張桌子和一個睡箱，又賣掉一床棉被；她把賣東西的錢還一些給騾子主人，剩下來的錢就去買了一些香煙、糖和點心，叫王貴德在電車站附近，到他父親認得的一個小雜貨鋪旁邊，去擺小攤子。

王貴德每天清早還是去拾煤渣，下午就去擺攤子。他人小，生意不會做，但是有時候也能賺些，和她母親賺的一道，兩人可以過活。

一天，壞事又發生了。是一個冬天的下午，大概是四五點鐘，太陽還沒有下山，雪水還沒有上凍，街道旁邊又爛又潮濕。

這時候，在崎兒溝，在王貴德的糖果攤附近，從東邊過來一輛電車。電車剛到站，旁邊的小道上過來兩個日本小學生，他們拿著書，拿著墨水瓶，去趕電車。這兩個孩子一面走，一面搶著一瓶墨水，結果，這兩個傢伙打起來。

打架總是不出好事的。兩個傢伙打了一陣子，一個穿黃褲子的日本小鬼給摔倒了；一摔就摔在王貴德的小攤子上。

王貴德的攤子是經不起碰的，一碰就給碰翻了。攤子打翻，攤子上有許多好吃的東西，像芝麻餅、脆麻花、葵花子、小餅乾之類，都給打到地下了；王貴德的小攤子上還有一個很漂亮的小泥娃娃，也翻下來打碎了！

打翻了攤子，王貴德很傷心，更傷心的是打碎了泥娃娃！

這個泥娃娃呀，是去年冬天，王貴德的叔叔從膠東帶來的。王貴德很愛他的泥娃娃，他不肯把它賣掉。他的母親說服他很久，他都不肯賣掉他這個穿紅褲子，穿綠衣服，有小紅臉，有大黑眼睛的泥娃娃。直到最後，他的母親說：「把它賣了去買棒棒餅吧！」他實在餓了，家裡沒有苞米麵了，他才帶著亮晶晶的眼淚，把泥娃娃從炕上抱下來，擺在他的小攤子上。

王貴德把泥娃娃擺了好幾天，一直沒有賣掉。現在剛有個女人過來，說好了價錢要買。王貴德想到他的泥娃娃立刻就要給人抱去，心裡很是悲哀，後來想到苞米餅，他才沒有哭出來。而現在比賣掉更壞，和他的點心一起打在地下，腦袋和腿，身體和胳膊，各自分了家！

泥娃娃躺在汙泥裡，用悲哀的眼睛望著王貴德和那個買主；那個買主剛從衣袋裡掏出錢，立刻又裝進衣袋去，掉頭就走了！

那個碰倒攤子的日本小鬼看了一看自己的衣服，又看了一下王貴德，向他狡猾地笑了一下，做了一個難看的鬼臉，拉了一下另一個小鬼，兩個一起呼呼地跑開，跑到電車站那邊去了。

王貴德望著翻在地下的東西，又是悲哀，又是氣憤。他又想哭，又想追去罵那個日本小鬼。但是一想，光哭是不好的，要給人笑；趕上去罵日本小鬼，日本小鬼是罵不得的，日本人怎麼能罵呢？最後他只好望著地下那一攤東西，一面哭一面跳腿。哭表示他的悲哀，跳腿表示他的憤怒！

王貴德正在哭，正在跳腿，突然從電車站那邊過來一個日本兵，他鼓著紅紅的眼睛，指著電車站那邊的日本小鬼，狠狠地向王貴德罵著：

「小混蛋！狗養的！墨水打破了，衣服髒髒的！」

王貴德向電車站那邊望望，穿黃褲子的日本小鬼把褲子弄髒了，染了一大塊藍顏色。他的墨水瓶在王貴德的攤子上碰翻了！

日本憲兵說的中國話王貴德不大懂，但是他猜到他的意思，他是說，王貴德把那個日本小鬼的衣服弄髒了。他正要張開小嘴，說明理由，日本憲兵伸出一隻又粗又大的硬手，在王貴德臉上吧嗒打了一下，然後拉著他一隻膀子，把他使勁向街邊一推，摔在一個烤山芋的爐子跟前。

憲兵的手比王貴德的臉還大，憲兵的胳膊比王貴德的脖子還粗，王貴德被他一推，立刻倒在地下，嘴裡冒著紅血，一動也不動了。那個憲兵又用中國話罵了兩聲：

「混蛋的東西，攤子不許擺了！」罵過之後，一搖一擺地走了。

王貴德倒在山芋爐子旁邊，他不能動了。

他的手和他的腿都不能動，他的整個身體都不能動，他像死了一樣地不能動了！

王貴德醒來的時候，他已經睡在自己家裡的炕上。他的母親坐在他旁邊，用衣服袖子擦著眼淚，他的母親在哭了！

王貴德覺得他的身體發燒，他的右手好像許多小毛蟲在咬。他把這隻手伸出來看看，第二個指頭上包了一塊布，布上染得紅紅的，他的手碰壞了！是剛才被那個日本憲兵推倒，摔在爐子上碰壞的！

這時候他的腦子已經清醒，剛才的事件他記得明明白白。他感到委屈！他感到痛苦！他感到仇恨！但是，王貴德很小，王貴德不知道如何報仇雪恨，他只好把身子一翻，抱住他的母親，嗚嗚地哭起來！

到晚上，王貴德閉住眼睛，他就看見一個大洋片箱子，箱子裡面拉出一張一張的洋片。他看見翻在地下的小攤子，那些弄得又髒又碎的點心；那些點心他自己都沒有吃過啊！芝麻餅子，花生糖，小餅乾。還看見他的泥娃娃。泥娃娃的頭掉在身體旁邊，睜著兩隻又黑又圓的眼睛，悲哀地望著他，求他救命。還看見小日本鬼和日本憲兵。他們的牙齒很長，眼睛通紅的，很可怕。日本小鬼望著他，做著難看的鬼臉。憲兵穿著又厚又大的皮靴，走著又凶又狠的步子。他的手像一隻大鐵耙，時時刻刻摸到他的臉上。

有一夜，他又看見這些東西，他氣得厲害，很想拿一根槍棍或者一把刀，砍死他們。但是他一樣也沒有，沒有刀也沒有槍，也沒有人給他幫忙。他不但不能打他們，他們的鬼樣子把他嚇得不能動彈。他一害怕就給醒來了。醒來以後他只好偷偷地摸一摸自己的手，擠擠眼睛，咬一下牙，就算完了！

王貴德病了九天，起來一看，他的手壞了。那塊破布包得更大，動起來的時候更疼。他的手爛起來了。因為天氣冷，因為他沒有錢去找醫生，他的手爛起來了。他的手像一根紅葡萄，像一根香蕉，因為沒有人保護，爛起來了！

王貴德不能去擺小攤子，也不能拾煤渣，他不能勞動了！不是他不想出去勞動，而是人家不讓他出去勞動。不讓他擺攤子做生意，不讓他的手好——如果他能找到一個醫生，他的手會好的，不是嗎？——不讓他去拾煤渣了。

還要糟糕呢，王貴德剛下炕，他的媽媽給病了。實際上，他的媽媽早就病了，王貴德打翻小攤子，碰壞手，躺在炕上的時候，她一氣就給氣病了。不過王貴德躺在炕上，看不見也不知道。現在站起來一看，看出來了：他媽媽的眼睛凹下去了，眼珠子呆不愣登的；下巴乾掉了，臉上的皮一摺一摺地拉下來。她幹活幹不快，說話也說不響了。

「我媽媽老得真嚇人啊！」王貴德心裡想。

有一天早上，王貴德的母親正在院子裡洗衣服，突然倒在地下。一個鄰居把她扶起來，好半天她都不會說話。以後她就躺到炕上，再也不能動彈了！

我們以前不是說過，王貴德那個大雜院裡，有跳大神的嗎？這個跳大神的是個老太婆，她姓宋，人家叫她宋大嬸。

宋大嬸是一個頂懶頂懶的人，她不愛學習，不愛勞動。一天到晚跑進人家家裡去閒串。人家給她起個外號，叫「閒串子」，後來叫順了嘴，就叫「錢串子」。「錢串子」是一種可怕的蟲，在人身上串一下，那塊地方就要腫起來。人家這麼叫她，有兩條道理，一條道理是人家害怕她，還有一條道理是她會騙人的錢。

錢串子懶歸懶，可是飯還是要吃，那可怎麼辦呢？她就學了一套本事，用這套本事去騙錢吃飯。什麼本事呢？就是跳大神。

她有一個鼓，一個架子，一條裙子，一個花箍。誰家害了病，請了她，她就穿起裙子，戴上花箍，敲起鼓來念咒。

她一邊念咒，一邊做鬼臉，做過鬼臉就昏過去。昏過去又醒來，她就變成一個鬼，滿嘴裡說鬼話，說過鬼話就拿錢。

王貴德的母親病了一個月。有一天，他看見一個鄰居把錢串子帶來，她穿得怪樣子，做著鬼臉，說了許多他聽不懂的怪話。人家說那就叫跳大神。當天晚上，他的母親在炕上翻了幾翻，就咽氣了。

第二天一清早，錢串子跑到王貴德家裡，把他家的一大包苞米麵抱走，說他母親欠她的！

母親死了，苞米粉也給錢串子拿走了，王貴德沒有得吃的了！

三

冬天過去了。冰雪成了水，樹枝發了芽，溫暖的太陽照在大街上。蜜蜂在野花上嗡呀嗡地叫；春天來到了！

春天來到了；但是大雜院裡的人還過著冬天！

王貴德的爛手好了，但是指頭缺掉了，五個指頭只剩了四個。他的右手和他的左手不一樣，永遠和他的左手不一樣；他的右手和別人的手也不一樣，和別人那些整齊的、漂亮的、驕傲的手不一樣。他這隻手永遠不會長好。不會變得漂亮，永遠不會像別人的手一樣了！因此，就被人起了一個傷心的外號，「缺指頭」。

王貴德的趕大車的父親死了。他的會給人洗衣服，會糊格被的母親也死了，他變成一個孤兒了。變成一個沒有家，沒有房子住，沒有的吃，沒有的穿，沒有人照管的孤兒了！有一天，大雜院的房掌櫃的來找王貴德，命令他說：「你走！你走！趕快走！」打這天起，王貴德就背了一個撿煤渣的簍子，一個破麻布口袋，一個破鉛皮罐子，一個破碗，從大雜院裡跑出來，睡到街上去了。

現在，在大清早上，太陽剛上升，它那淒慘的亮光照著火車軌道的時候，王貴德就背著他的簍子，到軌道旁邊去撿煤渣。到了中午，街上的人多了，店鋪開了門，小攤子都擺出街來了，王貴德就拿上鉛皮罐子、飯碗、布口袋、向人伸出手，說著：

「給我一點吧！討一點吃吃吧！」

大連街上又新添了一個小要飯的！

一上來，王貴德真不好意思去要飯呢！向人伸出手，人家不給，這隻手才拿不回來呢！人家不看你，你老要望著人，這才不好受呢！人家臉上的樣子才不好看呢！他們說：「沒有！」「沒有！」「沒有！」「滾開！」「滾開！」「滾開！」這種調兒才不好聽呢！

後來他慣了，他的手會很快地伸出去，也會很快地縮回來。要不著，心裡就偷偷地罵一句：「他媽媽的！」——從前他不會罵這句話，有一天，跟一個小要飯的學會了。他覺得這麼一罵，心裡很舒服——要是他挨了罵，比方人家罵他「討厭」，「滾開」這一類的，他就心裡罵一句「他媽媽的！」再另加上擠一擠眼睛，皺一下鼻子，表示他反抗。

一上來，王貴德只在峙兒溝要飯。後來，他經驗多，膽子大了，就跑到大連驛去。後來他會上西崗子。後來他會上老虎灘，後來，上全大連去了。

日子久了，他交了一堆小朋友；白天跟他們一起要飯，晚上跟他們一夥睡覺。他們過夜的地方很多；在春、夏、秋天，天上掛著亮晃晃的明月跟星星的時候，他們睡在街道旁邊，睡在小湖邊的大樹下面。下雨的時候，他們就睡在市場門口，或者是小市的草棚子下邊。颳風下雪，大冬天冷的時候，他們就擠進市場，睡在小館子的地下。那自然，他們睡歸睡，歡是不受歡迎的！

王貴德的好些小朋友當中，有一個小姑娘，她姓陳，叫金桂。因為她長得小，大家都叫她小金桂。

小金桂有個小圓臉，小紅嘴巴，兩隻又圓又黑的眼睛。她會要飯，會偷東西，會哄人，還會講故事。閒著的時候，她就給大家講故事。她會講各色各樣的故事：講她挨打的故事；講她從家裡逃出來的故事；講她偷東西的故事；講日本人打中國人的故事。

有一次，一個秋天的夜裡，月亮好像銀子，把街道照得雪亮雪亮。王貴德和小金桂一起，坐在一個小館子旁邊，望著道旁的漂亮房子和高大的樹。王貴德跟小金桂說：

「講一段故事給我聽吧！」

小金桂就把她自己的故事講給他聽。她說：

「我家在老虎灘。我爹從前在大連紡織廠當工人。有一次，工人鬧加工錢，他也去鬧，日本監工用皮帶抽他的背脊，他就死了。爹死了，我就跟後媽過活，後媽有一個後妹妹，她喜歡後妹妹，不喜歡我。

後媽是個跳大神的，她就跳大神，什麼也不幹。後媽叫我出去撿柴火，撿多了，給我吃稀的，你懂嗎？就是棒子粥。撿少了，吃乾的，就是用劈柴打我。有一天，我給她打急了，我出來撿柴火，就不回去了！」

小金桂說完，半天不響，然後望一望王貴德。看見王貴德好像想說什麼，她就問他：

「你想說什麼嗎？」

王貴德翻翻眼皮，說：

「我說呀，跳大神最壞了，我最恨跳大神的了。又懶，又會說假話，你說是不是呀？」

「是的，一點也不錯的！」小金桂說。她又望望王貴德。她看他還想說什麼，她就又問他：

「你還想說什麼呀？」

王貴德又翻翻眼皮，說：

「我說呀，用劈柴打，拔搭拔搭地，又響又疼。你說是不是呀？」

「是的，又響又疼，一點也不錯的！」小金桂說完，又望望王貴德。看他好像還想說什麼，她就又問他：

「你還要說什麼嗎？」

王貴德又翻翻眼皮，說：

「我說呀，你的後媽又跳大神，又會用劈柴打你，她是一個混蛋。是頂壞頂壞的壞混蛋，你說是不是呀？」

「是的，她是壞的壞蛋！」小金桂說。

「我恨她，我恨你那個後媽。」

「我也恨她！」小金桂說。然後又望望王貴德，看他好像沒有什麼說的了，她就用她的小手，摸著他的缺指頭，說：

「告訴我好嗎，你的指頭怎麼缺掉了的哇？」

王貴德就把打翻小攤子，摔碎泥娃娃，受日本小孩子欺負，挨日本憲兵的打，爛壞手指頭的故事講給她。講完以後，還補充意見：「如果我的泥娃娃還在呀，就抱來送給你啦！」

小金桂聽完王貴德的故事，閃著亮晶晶的眼睛，表示了她的忿怒，恨恨地說：

「死傢伙，揍死他！」

王貴德聽了小金桂的話，沒有言語，但是他心裡很舒服。他雖然沒有真去打那個日本小鬼，沒有打那個日本憲兵，但是他覺得他變勇敢了，小金桂給他撐腰，幫他出氣了！

王貴德恨小金桂的後媽。他覺得她像那個錢串子。她壞，她懶，她會害人。——他常常想，他的母親大概是被錢串子嚇死的。她嚇死了他的母親，還搬走他的棒子麵——他同情小金桂。他自己恨錢串子，他替小金桂恨她的後媽。總之，他恨跳大神的！

小金桂恨那個日本小鬼，恨那個日本憲兵。她覺得他們都是她的仇人，跟打她父親的那個日本監工，在酒館旁邊踹過她的那個日本醉鬼一樣。他們都像狼，像老虎。她自己恨那個日本監工和醉鬼，替王貴德恨那兩個日本小學生和憲兵，總之，她恨日本人！

他們兩個，王貴德和小金桂，成為好朋友了！因為他們一樣窮，一樣苦，一樣受人欺負，恨一樣的仇人，他們兩個成了頂好頂好的朋友了！

因為他們是好朋友，他們兩個總在一起，天天在一起，白天和黑夜都在一起。睡在街上的時候，他們就看那些漂亮的高大的房子；房子裡面亮亮的燈光。肚子餓了的時候，就站在飯鋪和點心鋪門口，看那些冒著熱氣的包子和饅頭。那些漂漂亮亮的點心。掛得一串一串的雞、肉和香腸。天氣冷的時候，他們就站在服裝店或棉花鋪門口，看那一卷一卷的，又白又軟的棉花，和一件一件皮的、棉的，和那些厚厚的，穿到身上很暖很暖的衣服。

世界很大，東西是很多的，不過，王貴德和小金桂是得不到的！

小金桂和王貴德同歲，但是她的經驗比他多，她的勇氣比他大。她不但會要飯，而且會偷東西。

有一天晚上，他們兩個又在看櫥窗，看見一個飯館裡擺了許多東西，有許多包子和饅頭。王貴德肚子正餓，他嚷了很久，那個掌櫃的好像沒有聽見。小金桂忽然拉了他一下，說：

「我們走吧！」

王貴德縱然沒有達到目的，但是他還沒有完全失望。他正要繼續努力討一個饅頭呢，小金桂突然拉他走，他是很不高興的。但是她既然拉他，他又不好不走。他只好跟著她，離開這個飯鋪。

他們兩個剛走到一個沒有人的街角上，小金桂笑一笑，伸了一個東西在王貴德手裡，說：

「你看，這是什麼？」

王貴德伸手摸了一下，又圓，又熱，又軟！

「啊呀！這是一個熱饅頭哇！你哪裡來的呀？」王貴德問她。他覺得又是高興，又是驚奇。

「偷來的。」小金桂說。

「這是不好的，偷東西是不好的！」王貴德說。

「不想吃你就別要吧！知道嗎，要飯不偷東西，那是要餓死的！」小金桂說。

她鼓著嘴，她的臉上好像有些不高興。

王貴德早就想吃饅頭了！他一站到那個小館子門口，看見那個小夥計從蒸籠裡拿出一個個的熱饅頭，他就想吃饅頭了。他親眼看見一個客人走進小館子，坐在桌子面前；又親眼看見一個小夥計給他端上一碟醬肉，一碟鹹菜，一碗蛋湯和一大盤饅頭的時候，他就想吃了。他費了很大的勁去要他想吃的東西，他向掌櫃的要過，向小夥計要過，向客人要過；向飯館裡所有的人要過；他們不但不給他，連看都不看他；順便也不看他一眼。好像王貴德根本沒有向他們要，好像他們門口根本沒有這個小要飯的！根本就沒有王貴德！

他實在餓了。事實上，還沒有看見饅頭他早就餓了。自從大清早上，他在大連市場撿過一點烤山芋皮吃過，就什麼也沒有吃了。可以說，從一清早到現在，他一整天沒有吃東西了。他的腿已經發軟，肚子已經咕呀咕地亂叫。要是他早知道偷的辦法，說不定他也去偷了！

現在小金桂把一個熱烘烘的，他想了一天的饅頭送給他，他聞到饅頭的香氣就流下了唾沫了，他還有什麼反對的意見呢？他知道，偷東西不好，但是又怎麼辦呢？

「要」還是「不要」這兩種思想在王貴德心裡鬥爭了一下，最後他望望小金桂，接過饅頭，低下頭去，一聲不響，把饅頭吃下去了！王貴德不但把饅頭吃下去，把「偷是不好的」這種想法，也和饅頭一起吃下去了！

王貴德吃完饅頭，就問小金桂：

「什麼時候偷的？」

「你要的時候我偷的。」小金桂說。停了一下她就問他：

「你會偷嗎？」

「我不敢，我害怕！」王貴德說著，搖搖頭。

「你不敢？你害怕？那你就去死吧！告訴你，要飯的要不會偷，那要餓死的啊！死在街上，死在不管什麼地方，跟一隻貓，一隻狗一樣，沒有人理你。沒有人說，『他好，他沒有偷過！』」

「真的嗎？那你是說，誰都要會偷，我也要會偷，是嗎？」王貴德問她。

「那當然，誰也要會的，你去問問看。」

「問誰？」

「問要飯的。」

「可是我不會，你教我？」王貴德說。

「那很容易！我可以教你很多法子。」

「很多法子？」王貴德望望小金桂，翻了一翻眼珠子。

「啊，很多法子！」小金桂說。

「說說看！」

小金桂就說：

「當然，我告訴你。你可要記住，這對你是有用的。你知道，我告訴你，偷東西有四種辦法。知道嗎？我告訴你，第一種呀，是偷，第二種叫個摸。知道嗎？我告訴你，第三種是捎，第四種呀，」她翻翻眼睛，「拿。一共一、二、三、四，」她一邊說，一邊用手數著，「一共有四種，知道嗎？這些都是很有用的！」

他們兩個一邊走道，王貴德一邊聽她講道理。

「你知道，要飯的不偷是要死的！」

「哦，哦，這四種法子都可以教人嗎？」王貴德問。

「當然可以的，你知道，我告訴你，我也是人家教給我的。」

「說說看。」

這時候他們又走到一家飯館旁邊，他們坐在大門口的地下，肉骨頭湯的香氣順著風吹到他們臉上。小金桂撇了一下小嘴說：

「知道嗎？我告訴你，偷是什麼？偷就是呀，偷就是，就是沒有人在的時候，很快地撈他一把，撈著就走。知道嗎？摸呢，摸就是呀，摸就是有人在，但是他沒有瞅見你。你找一個道兒，趕快把東西摸走。知道嗎？」

「知道了！」王貴德說，「還有呢？」

「還有哇，我告訴你。現在我告訴你，捎是怎麼回事。」小金桂一面說話，一面又咽了一口唾沫。「捎就是呀，捎就是，也是有人在，你拿別的，知道嗎？拿你那個要拿的，順便捎走一樣。我比方，你買一個燒餅，你就該拿一個燒餅，是嗎？但是你拿走兩個燒餅。要麼你拿一個燒餅，再拿一個饅頭；包子也行。這就是捎，知道嗎？」

「啊，啊，懂了！再說吧！」

「告訴你，這個拿呀，」小金桂說，她又咽了一口唾沫，「拿就是，就是，沒有人看見，你就算偷，闖見了人，你就算拿。你說：『我拿錯了，我拿錯了！』懂嗎？就是這麼個樣的。」

「不過我告訴你，」小金桂又說，她又咽了一口唾沫，「你要機靈，會說話，叫人相信你，要不然，你可是辦不好的！」

「什麼叫辦不好？」王貴德問她。

「那就是，要麼你偷不著，要麼給人揪住。揪住可是要抗不住的，他們都會揍人。告訴你，那種揍法，跟我後媽一樣！」

「也是用劈柴嗎？」王貴德問。

「那沒準，看他們順手。有時用劈柴，有時用通火棍，不一定。」小金桂說。

「揍過你嗎？」王貴德問。

「揍過。」

「揍哪裡？」

「腦袋瓜子，耳光，腿，胳膊，還有，我忘了，反正他們隨便，挑順手的。」

「你害怕不？」

「我不怕，弄慣了。我告訴你，怕沒有用處。怕有什麼用處呢？告訴你，你要會說話，不怕挨打，那才餓不死。」

「那麼偷東西是要說假話的，是不是呢？」

「那自然是的。一定要說假話。要不然，你要都說真話，那是要餓死的。比方說，你告訴人：『我餓了，給我一點吧！』那就沒人睬你。你要說得比餓還厲害。比方說，你裝要死，裝腿壞了，裝長瘟病，裝啞巴，都比老老實實說餓了好。懂了嗎？」

「懂了！我打個比方你聽，」王貴德說，「比方一個跳大神的，她要是告訴人說：『我餓了，我餓了，給我點吃的吧！』那就沒有人理，可是她說鬼話騙人，她就賺著了。你說對不對？」

「對了，對了，就是這個意思，你明白了！」小金桂說。她很高興，她把學生教會了。

「那麼你說我們要學跳大神的嗎？」王貴德反問她。他的意思是，是不是該學跳大神的人，去說謊騙人？

「那沒有辦法。你去試試看吧！」小金桂說。她臉上又顯得很不高興。她說「試試看」的意思就是：「你去試試看，不說假話行不行？」

王貴德也懂得她的意思，不和她再說。他對她講的道理一面反對，一面贊成。總之，不管他心裡反對還是贊成，他從此以後學會偷東西，也學會說假話了！

王貴德和小金桂在一起後，學會了很多東西，不但會偷，會撒謊，他還學會了罵人。

有一次，他跟許多小孩在一起，為了搶一個死耗子，他們吵起來。就有一個孩子罵他：「你還搶耗子呢？你那個缺指頭管不住耗子的！」王貴德聽人提到他的缺指頭，他傷心地哭了。過後，小金桂就告訴他：

「人家罵你你別哭，跟他吵呀！」

「怎麼吵呢？」王貴德問她。

「我告訴你，你就說：『看你那鬼樣子！看你那馬臉！你說話就像驢子叫！』懂嗎？就罵他這個。」

「如果他也回我說我也是鬼樣子，驢子叫呢？」王貴德說。

「不要緊的，你跟他吵過，他要再罵你，他一定要把嗓子拉高，這不是很不容易嗎？要是你不吵，他只像蒼蠅一樣，嗡呀嗡的就完了。那你便宜他了！懂了嗎！」

「懂了！」王貴德說。「我說啦，你總是『鬼樣子，鬼樣子』的。」

「對了，我總是要先預備好，看他要開腔，我就先說，『看你那鬼樣子。』

我這麼一來，那他可費事了，他得多喝幾碗涼水才行！」小金桂一面說，一面張開嘴，得意地笑了。

王貴德聽她說得有理，從今以後他也學會吵架了！

王貴德學會要飯，學會罵人，學會撒謊，還學會偷東西。現在這個王貴德，不是從前那個王貴德了！

王貴德變了；因為沒有飯吃，因為有人欺負他，他變了。如果他不會偷東西，只規規矩矩向人要，他就要挨餓；如果他不會撒謊，不會騙人，他拿了別人的東西，就要挨打，所以他變了！世界這麼大，但是沒有人理他。他會幹的事情——比如他會餵牲口，會套騾子，會挑水，會切菜，還會晒衣服——沒有人要他幹，所以他變了！

要他變的那些人，要他變的那些事，要他變的那個世界，叫他變了！

四

王貴德喜歡小金桂，他喜歡小金桂長得好玩，他喜歡她的又大又黑的眼睛，喜歡她的小手，喜歡她的小紅嘴巴。他喜歡她會幫助他，幫助他罵人，幫助他吵架，幫他向人臉上吐唾沫。

他挨了人家罵，被人罵做「缺指頭」的時候，她會用小手摸他的頭，摸他的臉，安慰他。她會替他罵人，說：「看你那個鬼樣子！」然後拉著王貴德的手說：「我們走，不理他那狗養的！」因為這些，他喜歡她！

當他餓著肚子，要了半天沒有人給，這時候，小金桂突然會送一個餅子，一個饅頭到他手裡，因為這樣，他喜歡她！

王貴德和小金桂說到日本人，說到拿棒子打他的員警，說到街上那些可惡的大胖子的時候，小金桂會鼓起小嘴，瞪圓了眼睛，說：「揍死他，等我們長大了揍死他！」因為這些，他喜歡她！

王貴德樣樣都喜歡小金桂，但是有一件事他不喜歡她，他覺得她太懶，太好睡覺。她吃飽了也睡覺，餓了也睡覺。他叫她一起去撿柴火，她不去撿，她說她沒有家，撿了柴火沒有用。叫她去撿煤渣，她也不去，她說她撿多了扛不動，撿少了，賣不掉。有時候她也去撿破爛，但是她只撿些好玩的。比方說，一塊小紅布，一個洋線軲轆，一個牙刷把子，一個破布小娃娃，一隻小孩子的小花布鞋。

她有一個布口袋，她把這些東西裝在布口袋裡。她懶得走動的時候，就坐在地下，把這些東西搬出來，一件件放在地下，好像擺地攤子。然後，她就坐在這攤東西旁邊，把這些東西搬來搬去。

到了這時候，王貴德就說：

「懶傢伙，這有什麼用呢？盡撿些破爛，又吃不飽的。」

「慢慢地就要吃飽了。」小金桂說。說完了她又去玩她的小破爛。

又有一次，是一個冬天的夜裡，天空是烏黑的，空中飄著雪花，風吹得呼呀呼的。他兩個坐在市場裡一個小館子的地下。

客人沒有了；他們早就吃過晚飯，回了家。在家裡，把窗戶和門關得緊緊的，有的在爐子旁邊，喝茶烤火，和家裡的人談天。有的就躺在床上，蓋上厚厚的棉被，在熱烘烘的棉被裡睡著了。

小館子裡的人也休息了。他們在桌子和案板上鋪了褥子，又鋪了棉被，棉被和褥子都是厚厚的，他們躺在棉被裡面睡覺了。

王貴德和小金桂兩個坐在地下，小金桂又把她的小破爛搬出來，一樣樣地擺開，搬來搬去。王貴德就說：

「這有什麼好呢，懶東西，不撿一些有用的！這能吃飽嗎？」

「總會撿到好東西的！你知道，我總是留心，去找那些好的。」小金桂說。

「什麼好的？」王貴德問她。

「珠子，金子，能賣錢的！」金桂說。

「胡說八道！這有你撿的！」王貴德說。

「你還不信呢！」小金桂說，「上次我碰著一個小傢伙，他告訴我，說是有一個人告訴他，就有一個人撿過一個金戒指。他賣了錢，後來他做小買賣，後來他賺了錢，後來住在大房子裡。」

「我不信！」王貴德說。

「我還聽說，也是一個人告訴我的，他說他就聽說，有一個人撿過珠子，在海邊撿的。他也賣了錢，也住到大房子裡去了！」

「真的嗎？」

「真的，不過要慢慢的。著急是不行的！」

「我想那不會的！」王貴德說。

「會的！」

「我說不會！」

「我說會！」

「不會！」

「會！」

「你怎麼知道會？」

「我夢見過。有一次，我夢見我在海邊，你也在，我們一起撿蚌殼，我們在一個大蚌殼裡挖到珠子。」

王貴德聽出味道，就插進話來：

「蚌殼裡有珠子我也聽說過，我爺爺告訴我的。他說他還見過呢，白的，圓的，對不對？」

「對，對！別攪，別攪，我告訴你！」小金桂說，「還有一次，夢見我在火車道旁邊，撿到金子，你不在，我一個人撿的。後來我找到你，我們就把金子賣了。」

「賣給誰？」王貴德不等她說完，問她。

「賣給小攤上。」她說，「你別攪，聽我告訴你，我們住進又大又亮的房子。你看，」她用手指著小館子對面的，那座窗戶裡透著燈光的大房子，說：「你看就像對面那座大房子一樣。有樓的，我們就住在樓上。我做了花枕頭，綠布上做紅花。做了布娃娃，我和你，和布娃娃睡在一張炕上。」

「真的嗎？」

「真的，我真夢見。」

王貴德笑了，說：

「好，從明天起，我們就去找金子。跑遠一些，還到海邊去！」

「我可不喜歡你那樣懶的，老是睡覺，睡覺！」

小金桂睜著圓圓的眼睛，露出漂亮的小牙齒，說：

「我不會懶的，到了那時候，我要在家做飯，我們要過日子，我每天都要幹活，我不會懶！」

說完，他覺得他們又到了海邊，太陽把海水照成金子一樣，十分美麗。忽然之間，太陽沒有了，天上起了一片烏雲，海水被風吹得嘩啦嘩啦的。浪花濺在他身上，冷得就像冰一樣，他凍醒來了。

王貴德睜開眼睛一看，他和小金桂睡在小館子裡。他兩個彎起腿，靠著爐子，擠得緊緊的。他們身上蓋著一個舊痲布口袋，只遮蓋了半截身體。他伸手去摸摸爐子，爐子早已滅掉，冷冰冰的。

他又看看四面，雪花從門縫裡飄進來，門檻旁邊的灰磚頭都變成白的。街上的燈光從門外射進來，把小館子裡的東西一件一件照得清清楚楚。他看見碗櫃，案板，碗櫃裡有饅頭和包子，案板上有鹹蘿蔔，大蔥。那塊白布下邊有雞蛋和肉骨頭。

他一個咕嚕爬起來，想到案板上去摸一點東西。他還沒敢伸手，那個小夥計起來了。他只好又躺下，假裝睡覺，眼睛睜得烏溜烏溜的。

他看見小夥計生爐子，刷鍋，燒水。下米，熬稀粥。他動作得很英勇，很使人羨慕。

他回頭看看小金桂，她彎著身子，伸開手，睡得呼呼的。和那個刷鍋下米的小夥計比，她那付懶樣子真難看！

他推推她，她睜開眼睛看一看，翻了一個身又睡了。

王貴德餓了，他打昨天下午起，一直沒有吃東西。這時候那鍋稀粥已經熬好，許多夥計都坐在桌子跟前，在喝稀粥呢！他聞見小米粥很香，看見人家吃得熱呼呼的，他肚子裡更餓，身上更冷。他忍耐不住，一翻身爬起來，從布口袋裡掏出一個碗，走到那個小夥計跟前：

「給我一點喝吧，你們剩的！」

「大清早上哪來剩的？睡好覺就吃飯，哪有那麼便當的！」

他伸著碗，又站了一會。又一個夥計說：

「看你那懶樣子，我們做飯不是給你吃的！」他的聲音不好聽，他的臉是很不好看的！

王貴德又是失望，又是羞恥。他覺得他再也不能待在這裡了，他就縮回手，轉過身體，望一望小金桂。想叫她一起走。小金桂還是躺在那裡，沒有動呢！他就狠狠地推了她一把，嚷著：

「起來吧，好走啦！看你那懶樣子！」

小金桂揉揉眼睛，爬起來，他兩個就走出去了。

這時候，天已經完全亮了。他們走到街上，空中飄著雪花，眼前白茫茫的一片。整座房屋，整條街道，整個大連，都被雪花掩蓋了！

他們兩個走到街上，街上沒有人看見他們。大家的眼睛被雪花遮蓋了。他們感到又餓又冷，但是沒有人知道他們，大家的思想被雪花遮蓋了。

雪花不斷的飄著，他們不斷地向前走。他們走到哪裡去？他們遇見什麼事情？他們做了什麼？都沒有人看見，也沒人知道。他們兩個人，他們的身體，他們的希望，他們的打算，都被雪花掩蓋了！被那像霧一樣的，像一頂紗帳幕樣的雪花掩蓋住了！

整個世界都被那冰冷的雪花遮蓋住了！

他們看不見世界；世界也看不見他們！

王貴德的眼睛也被雪遮擋了；他看不見東西，看不見人，看不見小金桂，看不見小金桂的小紅臉，也看不見她的懶樣子！

而且，不知道自己也變成個懶樣子！

五

舊世界過去，新世界來了！

一九四五年，這是個偉大的一年，被世界人民所紀念的一年！

這年秋天，世界上發生了很大的變化：殺人的法西斯德國被打倒了，壓迫中國人民的日本帝國主義被打倒了。大連被蘇軍解放了！大連街上的日本人不敢行凶，打王貴德的日本憲兵沒有武器，日本孩子也不敢欺負中國孩子了！

許多地方都變了！有錢的人不敢再打窮人，窮人也不挨打了！

不過許多事情王貴德都不知道。

事實上，世界大事人人都要知道的。不過，有的早，有的遲。王貴德到底還是知道了。

王貴德記得有這麼兩件事：一件是，有一天，他記得，是一個可愛的秋天的日子，點心店裡已經開始賣月餅，和中秋節用的花蛋糕。有錢的人準備過中秋節，準備吃月餅和花蛋糕。

一個可愛的秋天的日子，街上賣蘋果、葡萄、大芋頭、烤白薯。可愛的日子！風吹到身上是涼的，但是不冷！太陽晒到身上是暖的，但是不燙人！

可愛的日子！天是碧藍的，好像王貴德在櫥窗裡面看見的藍緞子；太陽放著金光，好像他在夢裡邊看見的金子！

滿天都是藍緞子，滿處都是金子！

這天下午，他一個人走到大連驛附近，站在一家點心店門口。店裡擺滿了點心，花蛋糕，奶油卷子，小餅乾；還有許多他沒有聽見人叫過名字的。點心好像是剛做好，鬆的、軟的，端端正正，一塊一塊的。點心被金子顏色的太陽光晒著，顯得特別漂亮，特別好吃！

他站在那裡，細細地看著，一塊一塊的。猜想著那些點心的味道。

一個男客人進去了，穿灰西裝的。又一個女客人進去了，穿花旗袍的。又進去一個女人，領著一個男孩子，這孩子看樣子有八九歲上下，和他自己差不多。客人進去，坐到位子上，漂亮的座位；玻璃板桌子，皮沙發，軟的，坐下去會一跳一跳的。這些他都從窗子外面看得清清楚楚。

一會兒，夥計來了，端著盤子，拿著閃亮的鉗子，夾著一塊一塊的漂亮的點心。那個小孩子還跟著，站在夥計旁邊，用手指著點心櫃子，說：「要這一塊，要那一塊……」

王貴德正看得很羨慕，很專心，突然門口有人叫起來：

「來了，來了，就要過來了。」

這個人剛喊過，裡面的人就說：「拉上門吧，回頭小偷混進來搗亂！」

另一個人就跑出門外來，對著王貴德說：

「我們要拉鐵門了，你走不走？」

王貴德回頭看看馬路旁邊擠了好些老百姓，好像等著看什麼東西，他就把臉一貼貼到櫥窗上說：「不走！」

「為什麼不走？」夥計問他。

「我害怕！」王貴德回答。

「你怕什麼？」

「你們說的，『來了，來了，就要過來了。』」

那個夥計笑了一笑，說：

「你這個小鬼，你也要怕？軍隊不會妨害你的！」

另一個夥計就說：

「讓他進來，讓他進來！」他說完話，把王貴德往點心店裡一推，就把鐵門拉上了。

王貴德本來不知道有什麼東西要來，他也不知道有什麼可怕；他只是想在這家店門口多站一會，希望有點什麼好處。現在聽說什麼「軍隊」，又說什麼「妨害」，他不懂得「妨害」的意思，但是一聽軍隊，他的心就碰碰地跳起來。

他突然想到那些穿軍裝的日本人；他們常常在大操場上，排隊、練操。練起操來嚇死人，誰要在旁邊咳嗽聲，他們立刻用槍尖對住他。

一會兒他又想到——實際上這是他經常在想，一年三百六十天當中，只有很少的幾天他才不想的——那個翻墨水瓶的日本小鬼，那個打他的日本憲兵。他不知道現在有什麼軍隊要來，也許又是那些會打人的日本軍隊要來了。

他一面想，一面望著店裡的人。他們的樣子都很慌張，小聲小氣地在說話。好像準備著一件了不起的大事。

正在這時候，外面響起一大陣皮鞋的聲音。他從窗子裡望一望，望見一大隊人，他們的胸脯很寬很挺，身體很壯，鼻子很高，威風凜凜地在街上走過。王貴德不明白這是怎麼一回事，他心裡一陣害怕，就蹲下身子，躲在一個裝點心的玻璃櫃後邊。

他蹲一會，伸出腦袋，向外邊看看。又蹲一會，又伸出腦袋，向外邊看看。看來看去，在外邊倒沒有發現特別的事，在裡邊他可發現了東西：就在他眼跟前，在那個閃亮亮的玻璃櫃子裡面，有許多許多漂亮的點心。這些點心就是他剛才站在街上，從櫥窗外面看見的，上面做了紅花和綠花的點心。

這些點心，比他從前在小攤上賣過的還要香，叫人聞了更要想吃；有小麥麵的味道，有糖和雞蛋的味道，還有一些他沒有聞見過的，說不出來的又香又好的味道。而且玻璃櫃子敞開，沒有門，沒有鎖，一伸手就可以進去，一進去就可以拿到。於是他忽然想到，小金桂從前教過他的那種「摸」的辦法，無論碰見什麼機會都不放掉，都要順手摸一把，這種法子他還沒有試過，他要試試看呢！王貴德的腦子是很快的，但是他的手比他的腦子還要快；剛剛想到這地方，一塊雞蛋糕已經塞進嘴去，而且手裡還拿了第二塊。

這時候，一個胖胖的夥計走過來，向玻璃櫥這面看一看，立刻又走過去，跟櫃檯上的掌櫃說了幾句話，掌櫃的也往王貴德這面看了一下，但是沒有言語。王貴德知道他的案件被人發現了，趕快把身子蹲下，心裡想：

「大概有一個耳光吧，反正我吃了！」一面想，一面趕快把第二塊蛋糕又塞到嘴裡。

街上的隊伍過去了。店裡有一個人走過來，看看玻璃櫃後邊，望著王貴德，接著說：

「瞧你那樣子，小鬼頭！」

王貴德害怕他要打他，伸出頭去看一看，趕快又縮回來。

「你還不走，還沒有吃夠？」

王貴德又伸出頭去看看，看見那個人的樣子並不可怕，不像要打人的樣子，他就彎著身體，順著玻璃櫥一溜，跑上街去了。

大街上安安靜靜的；咖啡店、大酒館、做好衣服的店，以及許多漂亮的商店都關上門，但是賣窩頭和燒餅的店還是開著。走過一家小煙捲攤旁邊，他聽見一個人說：

「要變了！」

「八路來了還不變！」另外一個人說。

「不是八路是蘇軍。」頭一個人反駁他。

「蘇軍跟八路是一家。」第二個人又說。

「你對，你對！」

「你也對！」

兩個人好像要爭吵的樣子。於是頭一個人就說：

「不管誰對誰不對，變總是要變的！」

兩個人爭得很熱鬧。不過他們的話越說越高深，什麼「共產」「解放」這一類的，王貴德越聽就越糊塗了！

王貴德一面在街上走，一面想到雞蛋糕的味道。好吃得很呢！不過太軟太小，一到嘴裡就化了。還沒有嘗到它真正的味道呢，就溜下嗓子去了。頭一塊完全是甜的，第二塊好像有一點酸，不像櫻桃，也不像李子的味道，像什麼呢？他懊悔：

「早知道他們不揍人，剛才該多吃兩塊了。為什麼是玻璃櫥呢？要是木頭櫃子就好了，外面看不見的！」又想：

「拿幾塊裝在布口袋裡多好……」

總之，機會錯過了。

從點心的味道，他又想到剛才看見的那些軍隊；賣煙捲的人說是什麼「蘇軍」，大概就是這個東西。還說什麼「變」，這可不懂了。不過很奇怪，軍隊老老實實的，樣子很和藹，為什麼他們要拉鐵門呢？可是那家掌櫃的也奇怪，明明看見他偷蛋糕，不揍也不罵他，這是怎麼的呢？大概他們的雞蛋糕太多，賣不完，怕耗子吃吧？

王貴德想得很多，腦子裡亂七八糟的，最後他的思想還是集中在一點上：雞蛋糕。於是他就把他剛才抓雞蛋糕的那隻手拿出來，放在鼻尖上，聞了又聞，又用舌頭舔了一下，他笑了。

他一面走，一面笑，一面想著剛才看見的那批軍隊，想著他沒有挨打。想著這段又有趣、又危險、又快活、又奇怪的故事。想著在街上聽見的那些奇奇怪怪的談論。

又有一天，是個下午，王貴德要飯要到峙兒溝，到了他從前住的那家大雜院門口。他渴了，他想喝水，但是找不到水喝。他伸出脖子看看那個大雜院，院子裡放了一隻水缸，缸上有一個瓢。他認得這個水缸，這個水缸還是他父親從前買的。父親死了，借了錢串子的錢，後來還不起，他母親就把這個水缸抵給她了。他曾經在這個水缸裡舀過水，幫他母親洗過衣服，在那個瓢裡洗過菜。他記得清清楚楚！

他又伸伸脖子，不錯的，是那個水缸呢！缸裡一定有水的。他再伸伸脖子，再向裡面看一看，裡面沒有人，院子裡空空的。空空的，沒有人的院子是可以跑進去的。

王貴德的腦子轉動得很快，但是他的腿比他的腦子更快，想著，想著，他就跑進大雜院，站到水缸跟前，拿起瓢，咕嚕咕嚕地把水喝下去了。喝過水，剛要出來，轉身一看，在錢串子的門口，在地下，放了一個大籮筐，籮筐裡裝了滿滿的鹹蘿蔔干。蘿蔔干的顏色是黃的，被太陽晒得香噴噴的，很好吃的。他愣住了。

王貴德從早上起到現在，還沒有吃過東西呢！他什麼也沒有吃，就只剛才喝了半瓢涼水。他的肚子在叫喚呢。現在看見蘿蔔干，他高興了，他當然是很高興的。而且蘿蔔干晒在錢串子門口，當然是錢串子的。他喜歡蘿蔔干，他恨錢串子，錢串子的蘿蔔干他為什麼不偷呢？這是不用捉摸的。

他剛轉念頭，一塊蘿蔔干已經吃進嘴去了。又抓一把，塞進他的布口袋裡。

他又在捉摸：還是就走？還是再抓第二把蘿蔔干呢？還沒有捉摸好，突然後面有一種尖聲在嚷：

「雜種，狗養的，給我放下！」

王貴德回頭一看，大門外邊拐進兩隻八字腳，叉巴叉巴的，不是別人，正是錢串子。錢串子鼓著嘴，斜瞪著眼睛，手裡拿著一把高粱杆，哇啦哇啦地在嚷嚷。王貴德看情形不好，把手往筐裡一伸，假裝放還蘿蔔干的樣子，隨後，拉開他的快腿，從她的胳膊下面一溜，溜出去了。

王貴德還沒有跑出大門，高粱杆已經從他後面打了一下，正打到他的頭上。他想避免第二下，就加快步子，往前狠命奔跑。跑出大門，正要拐彎，門邊有一塊石頭拌住他，他摔倒了。他的腿給石頭碰破，通紅的血流出來。他坐在地下，抱住他的腿，不能動了。

錢串子已經追趕上來，站在他面前，把高粱杆舉得很高，狠狠地罵著：

「小婊子養的，下次再敢來偷我的……！」

王貴德的腿摔得很疼，眼睛發花，背心後面就像有許多小針一樣，一扎一扎的。他正希望有一個人來幫助他，救他一下，錢串子忽然把舉得高高的高粱杆往地下一扔，轉過身體，叉巴叉巴地跑回家去了！

這是怎麼回事呢？王貴德抬頭一看，對面過來幾個蘇軍，前頭一個走得很快，用很高聲的中國話在嚷：

「小孩子不好打！小孩子不好打！」

蘇軍一面嚷，一面走到王貴德面前。說話的那一個人年紀很輕，紅紅的臉，露出雪白的牙齒，他望著王貴德在笑。旁邊的一個就抓住王貴德碰壞的腿，輕輕地摸了一下，說：

「不要動啊！給你包起來！」

說著話，他就打開背在身上的一個黃布包，從包裡拿出一個瓶子，一卷白布。他先把紅紅的藥水塗在王貴德的腿上，然後用白布給他一層層地綁起來。他一面綁一面問王貴德：

「疼不疼？」

王貴德覺得，他給他包腿的方法，跟那年他母親給他包手差不多。不過母親包手是用一塊很髒的舊布，包在手上怪難看的。今天，包在腿上的是一塊雪白的新布，白的布包在他的黑腿上，他覺得又舒服，又漂亮。於是他不回答那個蘇軍的問話，嘻嘻地笑起來。

那個蘇軍給他包好腿，又問他：

「你是幹什麼的？」

「拾煤渣。」王貴德說。

那個蘇軍就用手指著軌道那邊，問王貴德說：

「是那裡嗎？好，好。」說過之後，用手拍拍王貴德的肩膀，笑著，和其他幾個人一同走了。

打這次以後，王貴德走在街上，總聽見人談起蘇軍。有人說，蘇軍不好，蘇軍一來，就要把「八路」帶來共產。有錢的人都要變窮人。又有的說，蘇軍好，蘇軍一來，窮人就要有飯吃，窮人不挨罵挨打，窮人要翻身。

這兩種說法王貴德都不大懂，更不懂什麼叫「八路」和「翻身」。不過在他的看法，他覺得蘇軍很好。第一，打蘇軍來起，街上沒有那些鬼日本憲兵。日本孩子也老老實實，不敢見了中國人就瞪眼睛，欺負中國小孩子。其次，街上沒有人打人；像他父親那樣趕大車的窮人不再挨打——他父親從前在大道上走路，常常挨打。——還有，他弄得最清楚的就是，他第一次偷雞蛋糕，第二次吃鹹蘿蔔子，兩次他都碰見蘇軍，兩次他都沒有挨打。

他自己就做個總結——事實上這個總結也不是他編造，是他在大街上聽來的——「世界是變了！」

日子過得很快，春夏秋冬，一天也不停。王貴德天天在街上跑，也是一天都不停。新的一年又過去了。在這個新的一年裡，王貴德看見了許多五顏六色的東西，好像他在野地裡看見的四季的花草。在他的腦子裡，也有許多五顏六色的東西，也像四季的花草。他的年紀很小，但是他見過大連，見過大連的各色各樣的世界。對著這些世界和廣大的人群，他在心裡畫過許多問號：他會不會老在街上逛來逛去？會不會撿到珠子和金子？會不會偷到雞蛋糕？會不會住到亮房子裡？他問的東西好像沒有人知道，也沒有人理睬，沒有人回答。因為他心裡經常畫了許多問號，但是從來沒有人回答！

但是，王貴德的問話會有人回答的，世界變了！

這種回答就是：

「王貴德，你不要在街上逛來逛去了！偷是不好的，你也不會撿到珠子跟金子，但是你會吃到雞蛋糕，也會住進亮房子，而且你會得到比這些更好的；因為，世界變了！但是，有一個條件，你要勞動；你要用自己的手和自己的腦子去得到！

世界變了：帝國主義走了，蘇軍和共產來了！」

舊世界去了，新世界來了！

六

春天又來了！春天是每年都要來的，而且都同樣的時候來，穿著同樣的衣服；同樣的打扮。她愛穿黃色的和綠色的褲子，綠色的衣服，戴著紅的、白的、黃的和紫色的花；這就是黃的土，翠綠的田，開花結果的樹。她還帶來了管弦樂隊：這就是飛來飛去的小鳥，嗡呀嗡的蜜蜂，和那山溝裡面嘩啦嘩啦的泉水。

但是這個春天特別美麗，特別光輝；她顯出一種特別的快活的精神。這是為什麼呢？因為她帶來了一種新的任務。往年，她要用她的太陽普照大地，使地面的東西都能活躍，都能生長。今年，關東的大地已經被她照暖，她要用她的太陽普照人們；要把要死的人照活，把病的人照好，把哭的人照笑！因為帝國主義去了！因為，蘇軍和共產都來了！

就在這樣一個春天的夜裡，王貴德和他的小金桂睡在西崗市場，在一個新棚子裡面。王貴德特別快活，小金桂特別美麗。

天氣清朗，涼風幽幽的。他們從小棚子裡看到外面，看見天上的星星。天好像藍色的海水，星星好像王貴德在夢裡看見的珠子。風從田野裡吹進來，帶來了苞米葉子的香氣——這是老百姓開荒種出來的——他們兩個都覺得很高興，好像不是睡在小棚子裡，不是睡在泥土上，而是睡在有電燈的樓房裡，在乾乾淨淨的炕上；這片苞米是他們自己的。他們在這裡守著苞米，等它們長大，等它們結成一穗一穗的。一個很快活的世界來了！

他們互相講著故事，商量明天去的地方。王貴德把偷蘿蔔干子，錢串子打他，和蘇軍給他包腿的故事告訴小金桂。說完之後，小金桂就問他：

「他們說蘇軍在街上抓人，要把窮人都抓去關起來，你知道嗎？」

「抓是抓的，不過是抓小偷，抓跳大神的。」

「抓跳大神的？」小金桂的眼睛閃了一閃，「那倒是好。抓小偷，啊呀，可要小心點呢！」

「怕什麼的？抓就抓去。反正給吃的，給穿的，怕什麼呢？」王貴德說。

「給吃的，給穿的？有這麼容易呢？要做工，從早到晚都做工。還關起來，不給出去，哪像我們現在自由自在呢？」

「從早到晚做工？不給玩，不給在街上跑？是真的？」

「可不是呢！」

「啊呀，你幾時聽來的？你怎麼不害怕，怎麼不早說呢？」

「我才不怕呢！」

「那麼你喜歡抓？」

「那不！可是我不怕，我會逃。上次在老虎灘碰見後媽，後媽想抓我，我一下子就給溜了！」

「你後媽抓過你？什麼時候，怎麼沒有聽你說過呢？」

「我沒有告訴你，我不愛老是『後媽後媽』的。說我們，說我跟你，那多好呢！」

王貴德閃了閃眼睛，沒有說話。他覺得他自己的眼睛和星星一樣，一閃一閃地在發光呢！停了一下，小金桂問他：

「你想睡了嗎？」

「沒有。」

「那你為什麼不說話呢？」

「我在想，把跳大神的抓去才好呢！壞蛋！把我媽媽嚇死了，還搬苞米麵。

還用劈柴打人！跋塔跋塔的，又響又疼！」

小金桂沒有說話，狠命地擠了兩下眼睛，算是表示她的意見。

王貴德看她不說話，就問她：

「你要睡覺了嗎？」

「沒有。」

「那為什麼不說話呢？」王貴德問。

「我在想，我們明天要小心才好呢！」

「怎麼小心？」王貴德問。

「我們不要走大道，大白天裡不要到人多的地方。不要偷！」小金桂說。

「那麼上哪去呢？」

「先上老虎灘；那地方好，小鋪子多，偷得著，要得著，不抓人，吃飽了就到海邊。」

「好，去海邊撿珠子。海邊也沒有抓人的，對不對？」

「對了對了！就是這麼辦！一下要撿到珠子的！」

他們兩個打好主意：明天清早向老虎灘出發，然後直奔海邊。

夜是靜悄悄的，連一個小螞蟻爬到草上都聽得見。王貴德睡在小金桂旁邊，他聽見她在深深地呼吸，知道她睡著了。他快活得很，看著星星，看著草地；聞著樹葉子和田裡的清香，把小金桂的小圓眼睛，野地裡玫瑰一樣的小臉，珠子和金子，小繡花枕頭，雞蛋糕，亮房子和他所想的許多好東西，都閉進他的眼珠裡，帶到夢裡去了。

第二天一清早，天空中還有紅霞的時候，他們就起來了。這天是個最好的天氣，是靠近夏天的春天。苞米葉子上鋪滿了珍珠一樣的露水，小鳥在樹枝上叫，有的從這根樹枝飛到那根樹枝，各自尋找自己的伴侶。它們研究：今天該唱些什麼歌，應該飛到哪裡去玩，去找些什麼好吃的東西。

踏著亮晶晶的露水，吹著又香又暖的清風，王貴德和小金桂向著老虎灘，奔趕了又長又遠的路程。到老虎灘一看，真是不壞：開小鋪的、擺小攤的、挑小擔子的、賣包子的、賣大餅的、賣苞米麵的、賣炸麻花的，樣樣都有。

王貴德和小金桂仍舊照他們平常的樣子，站在一家大餅店門口，哼呀哼地向他們要。沒有要到，換一個地方，站到炸麻花的攤子上。又沒有要到，又到另一個地方；在包子店門口，結果要到了，兩個人要到了半碗白菜湯，兩個韭菜包子。

他們喝了白菜湯，吃了包子，可是肚裡還是空空的，好像什麼也沒有裝上。他們就繼續去要，站到一家賣苞米麵的門口。

苞米麵鋪的櫃上沒有人，都在後面，張羅糧食去了。門口放了一大袋黃黃的苞米麵，王貴德正在捉摸，想摸它一把，小金桂突然擠到王貴德旁邊，鬼頭鬼腦地拉他一把，慌慌張張地說：

「趕快走！趕快走！」

小金桂說過，自己就呼溜呼溜地往前跑。她向左面拐一個彎，向右面拐一個彎，又向左拐一個彎，一下子跑到一個三角路口，一個破渣子堆旁邊。小金桂在前面跑，王貴德就在後面跟。他的腦子裡糊里糊塗的，心跳得碰通碰通的。

王貴德看見小金桂停住，不跑了，他就問她：

「什麼事，什麼事哇？」

「看見我後媽啦，就在那個賣麻花的擔子旁邊。還跟個員警，他是派出所的，我認得。我想她要找我，她帶派出所的人來抓我呢！」

「又來胡說！她找你，要帶派出所的人幹什麼呢？」王貴德說。

「她怕我不回去，所以帶派出所的人來抓，她一定看見了我呢！」

「我想不會的，她不會叫派出所來抓你的！」
「會的，你不知道。我聽街坊說，我的後妹妹死掉了，她準是，準是光她自己在家害怕呢！」
「啊，那也許是抓你的。那怎麼辦呢？」王貴德說。
「我們趕快走，趕快走！」
「我們到哪去呢？」
「海邊去！」
「那怎麼行呢？肚子還餓呢，海邊撈不著吃的！」
小金桂翻翻眼睛，沒有主意。
王貴德就說：
「我看哪，我看還是去大連驛。吃飽肚子再去海邊吧！」
「抓走呢？」小金桂說。
「不偷東西，小心一點，多望望兩邊跟後面，不要緊的！」
「好，說去就去！」
「這就去！」

他們兩個又到老地方，大連驛去了。

王貴德和小金桂不敢再去老虎灘；海邊也沒有去；他們還照原來的樣子，每天待在西崗或是大連驛，晚上睡在路邊和小棚子裡；在夢裡撿著珠子和金子。

街上真是抓人了，抓人的不是蘇軍，是中國員警。抓那些偷東西的，沒有家的，沒有人照顧的，天天在街上挨冷挨餓，受人欺負的，老的，有病的和小孩子。

這天，王貴德和小金桂又在大連驛要飯。夏天剛開頭，街上都賣鹹鴨蛋。他們倆剛走到大連市場，就碰見個賣鹹鴨蛋的。

賣咸鴨蛋的生意很好，剛賣掉一批，又賣一批。他手裡的錢票子很多，他忙得數不過來。他正在忙忙叉叉地數他的錢票子，王貴德從賣鹹鴨蛋的背後伸進一隻手，一個鹹鴨蛋偷去了。

王貴德把鹹鴨蛋裝在布口袋裡，拉拉小金桂，轉彎就走。

王貴德剛走了兩步，看見小金桂回頭望望，拉開腿跑起來。他知道事情不妙，也拉腿就跑。他這一跑，一隻鞋掉了。他急死了，心裡想：「他媽媽的，鞋怎麼給掉了呢！」一想著，就彎下腰去穿鞋。這下子可壞了，他的鞋後跟剛拔起來，後面伸過一雙手，把他的膀子一拖，王貴德被一個穿制服的派出所的員警抓住了！

第二部

一

在一條漂亮而整齊的街上，那裡有一座漂亮的小洋房。房子上有紅色的牆，綠色的窗戶。窗戶上有綠顏色的紗。

這是一座漂亮的房子，裡外都是漂亮的，四面都是漂亮的。

這座漂亮的房子是日本式的，是日本人造起來的。是從前日本帝國主義侵佔中國的大連的時候，他們拿中國人的錢，叫中國工人去建造，造起來給日本人住的。現在日本帝國主義被蘇軍趕走了。日本帝國主義走了以後，這座房子裡換了新的主人。主人是誰呢？

大門上有個牌子，黃色的牌子寫上了綠色的大字：

「勸業工廠附屬兒童小學」。

派出所的人把王貴德抓走以後，當天下午就送到這個兒童小學校來。送到這座黃牌子上寫了綠字，這所漂亮的，日本洋房裡面的，小學校裡來了。

王貴德一進學校，他就認識了兩個人，一個是年青的，圓臉的，說起話來和和氣氣的女教師。她姓湯，人家都叫她湯老師。另一個就是細長個子，黃瘦臉的小姑娘，人家叫她小組長。

因為一進門就有許多小孩子圍過來看他，因此在一大堆小孩子當中，他一下子就記住了這麼兩個：一個是個大頭、細脖子，瘦身體上鼓出一個大肚子；他板著臉，不笑，也不和別人講話，手上拿著一根鬥蟋蟀的小竹簽。王貴德剛一看他，他立刻就掉過臉去。王貴德覺得他有些彆扭，不喜歡他。還有一個就是紅紅的嘴巴子，嬉皮笑臉，賊眉賊眼的小傢伙。他拿著一個濕淋淋的硯臺，在他胸口上邊，在衣服扣子上，掛著一個小人；這個小人有他的腳指甲蓋那麼大，是藍色玻璃珠子穿成的。小人被太陽照得閃來閃去，更顯得他的眼睛賊來賊往！

一開始，湯老師就叫他去辦公室談話。

湯老師告訴他：在學校裡要守紀律，要團結互助，要用功念書，要肯勞動。不要罵人，不要撒謊，不要毀壞東西。

王貴德一面聽湯老師說話，一面偷偷地看她。他覺得她的臉很圓，像個蘋果，她的嘴翹起來，像個餃子。她的兩道眉毛彎彎的，像棵小草，她的牙齒是白的，還有些發光，像白顏色的苞米。湯老師的臉是甜的，可愛的。

湯老師的聲音很好聽，柔和的，有高有低的。聽湯老師說話，好像聽見山窪窪裡的小泉水。這種聲音是一個有好脾氣的，好心眼的人才有的；跟錢串子那樣哇啦哇啦地，直著嗓子亂叫不一樣。

他想了又想，看了又看，對於這位湯老師他沒有意見，不討厭她；只是一點，她說的話他不愛聽；不是不愛聽，壓根聽不進去。他覺得湯老師拿這些話跟他說，很不對頭。

所以，湯老師的話他只聽了一半，後來他就只用耳朵聽湯老師說話，用眼睛看別的地方：看窗戶，窗戶外面的樹，看桌上的墨水，紅墨水，藍墨水——看到藍墨水的時候，還偷偷地摸了一下他的缺指頭——看牆上掛的大人頭像，看文具櫃子。看櫃子的時候，還把眼睛斜過去，向裡面搜了一下，看有沒有好偷的東西。而腦子呢，就想到很遠很遠的。

一下子，湯老師說完了，問他：

「懂不懂？」

「懂。」他說。他本來不知道怎麼回答，後來一想，還是說「懂」比較妥當，他就這樣回答了。

「記住記不住？」

「記得住！」

「那就好，現在，叫小組長帶你去換衣服。」湯老師說著，走到門口，叫了一聲：「李秀英！」就過來一個小姑娘，這個小姑娘就是他剛才看見的小組長。

王貴德走出湯老師的辦公室，跟著小組長，走到另一個休息室去。小組長叫一個大些的男孩子領他洗過澡，換了衣服，然後她自己就拿一本書，一個練習本子，一隻筆，一個硯臺和墨塊給他，把他領到課堂去上課。

王貴德一面走，一面偷偷地看小組長。他發現她通身上下都很整齊，手和臉都洗得很乾淨，比其他的小孩子都乾淨，當然比小金桂更乾淨。乾乾淨淨是好看的，而且很舒服，這點他是很贊成的。小組長說起話來也是規規矩矩，慢慢地，清清楚楚地，一句歸一句，不像別的小孩子亂嚷亂叫的，這點也是很好的，他也很贊成，這是不成問題的。

不過問題還是有，他對小組長有一點也不贊成，是什麼呢？就是她的臉太板，不愛笑。她說話的時候總是一板正經的。她的臉上長了兩個小窩窩，小窩窩好像天生是叫人笑的，她既然不愛笑，兩個小窩窩長在她臉上就有些不對勁。在王貴德看來，小組長臉上的小窩窩應該長在小金桂臉上，而且小金桂嘴上的那個小黑痣——我在前邊忘了提，小金桂的嘴角上有一個小黑痣，王貴德認為是個大缺點——應該長到小組長臉上，這才合適。至於還有什麼不滿意的呢？他一時也想不出來。

他一面走，一面胡思亂想，一下子就到了課堂。課堂裡正在上課，教書的人就是剛才的那位湯老師。

聽課他是不喜歡的，他覺得坐得板板的，很不好受。他座位前面是一個禿頭的孩子，頭髮從頂上禿得光光的，一根也沒有，他覺得很有趣味，像個小香瓜。他很想伸出手去，摸一摸那個光頭，但是不好意思。恰好這時有個蚊子飛過來，蚊子在空中轉了一下，就停在那個光頭上。王貴德有了機會，他就嘴裡叫著「蚊子！蚊子！」一同時就伸出手去，在他頭上拍搭打了一下。蚊子沒有打到，飛掉了。湯老師立刻在上面高聲地說：

「我再講一遍，大家用心聽，不要搗亂！」

王貴德這才去聽湯老師講課。

這課講的是「人人都要勞動」。意思是勞動是光榮的。懶惰是羞恥的。一切幸福都靠勞動來創造。人若不勞動，就沒有房子住，沒有衣服穿，也沒有飯吃。王貴德覺得這些話還有一些意思。不過與他自己沒有什麼關係。他就用耳朵聽課，用腦子去想別的。想到小金桂，想到繡花枕頭，想到櫥窗裡的蛋糕，想到珠子和金子，想到他做的那個夢。

下完課不久，有人吹了一下哨子，大家就排起隊來。這是吃晚飯的時候了。「吃飯為什麼要排隊？」王貴德想。他不喜歡排隊，他想站到頭一名，頭一名可以先吃到。但是因為不好意思，他沒有站，他只跟在那個禿頭排在後邊。

晚飯吃的是苞米餅子，小米稀粥，茄子和豆莢。他很滿意。他吃的很多。吃完以後，還把剩的半拉苞米餅偷偷地裝在衣袋裡。

這天晚上，王貴德睡在一間有綠色的紗窗，有雪白的粉牆，有通亮的電燈的小屋子裡。這間小屋住兩個人，屋裡有一張書桌，一個小櫃，是兩個人共用的。兩個草簟，一人睡一個。對面那張草簟上的小孩名叫張昆，就是他剛進學校的時候看見的，那個賊眉賊眼，手上拿塊濕硯臺，衣服扣子上掛著藍玻璃珠小人的那傢伙。

這個屋子很小，但是擺得乾乾淨淨，清清楚楚。除開張昆那半張桌上有一堆亂紙，一塊洗得濕淋淋的硯臺以外，沒有一點不順眼的東西。王貴德睡上草簟的時候，他偷偷地想：「要是那張鋪上是小金桂，那可多好呢！」

躺上草簟以後，他又胡思亂想了一頓。最後他夢見他逃上街去了！

王貴德到學校來了一個星期。在這一個星期當中，他吃得很好，住得很好，玩得也是很好的。學校裡有個大操場，操場上有秋千架，有浪橋，有各種體操的遊戲。星期六晚上，老師還領了大家去看電影，這次看的是《苦兒天堂》。王貴德從來沒有看過電影，看電影他是最喜歡的。

但是王貴德不喜歡住在學校裡。

什麼原因呢？

他不愛上課，不愛掃地，不愛擦黑板，每天早上他不喜歡摺被窩。他不喜歡星期六下午的檢討會。不喜歡湯老師，不喜歡小組長。

每天夜裡，他躺在草簟上，兩隻眼睛總望著窗戶，看著天上的星星，胡思亂想。他想，小組長愛管閒事，吃飯的時候老用眼睛看住他，叫他不要吃太多，叫他不要把稀飯弄到桌上。

小組長好像要管住每一個人，好像要叫人人都跟她一樣。稀飯湯為什麼不可以弄到桌上呢？肚子餓了為什麼不可以吃飽呢？她還叫張昆不要用左手拿筷子，張昆才不愛聽她的呢！張昆當面答應小組長，說他下次不再用左手了；可是背地裡說，他拿慣了，他不想改呢！

對於上課王貴德是最感苦惱的。身體要坐得筆直，規規矩矩，不能隨便走動；沒有比上課再不舒服的了。有一次，他的眼睛睜不開，想睡覺，剛伏到桌上，還沒有睡呢，老師就在上面喊：

「上課的時候不要睡覺啊！」

還有一次，也是在上課的時候，窗子外面飛進一隻蜻蜓。蜻蜓在課堂裡繞來繞去，引起許多人注意。他想，他應該抓住這隻蜻蜓，表示他的勇敢，一面想，他就一面站起來。剛站起來，扭過頭去，還沒有伸出手，湯老師又喊起來：

「上課不要不專心啊！」

湯老師脾氣好，待人和藹，跟人說起話來總是笑嘻嘻。但是眼睛太尖，好像每個小窟窿眼裡她都看得見。還看得見人的腦子和心。她站在臺上講書，眼睛老是往下邊看。誰不用心聽，她就停住不講，眼睛向課堂上閃呀閃的。

小組長跟著湯老師學樣，一板正經的！

他不喜歡星期六下午的檢討會。會上叫人自己檢討坦白，他覺得這很不好，簡直叫人下不去。那天，一個藍眼睛的孩子偷人的襪子，他在檢討會上就說他偷了襪子，他的臉都紅了，他真給他著急，怎麼那麼笨！

張昆就不是這樣，比方，那天他明明偷了人家的鉛筆，王貴德親自看見他在課堂上，從人家座位上摸去的。但是他決不坦白，他說他是撿到的，說他是在人家座位旁邊的地下撿到的。

王貴德贊成張昆的辦法，檢討的時候，他絕對不坦白。他到廚房裡偷吃了西葫蘆餃子，人家問他，他就說不知道。他往人臉上吐唾沫，罵人「不要臉」，他就不承認。——不過人家罵他「缺指頭」，受了檢討，他倒很高興，他覺得檢討會除此以外別無好處。

王貴德還不喜歡寫字，因為老師總說他寫的字太髒，拿起筆來像掃地板。提起寫字他就頭疼。談到算算術那他更討厭！

王貴德總想到這些東西。當他想的時候，小金桂就在他的腦子裡出現：她的小蘋果臉望著他笑，她用小手摸他的頭髮。人家罵「缺指頭」的時候，她幫他和人家吵，罵他說：「看你那鬼樣子！」向人家臉上吐唾沫。

他想到他和小金桂一起在街上，玩餓了找人要吃的，還偷，吃飽了就睡覺。不念書、不受檢討，吃東西的時候不排隊，不擦黑板，不掃地！

王貴德老想這些東西，沒有事的時候他想，上課的時候也想；睡到草簟子上面也在想。想來想去他總懊悔，那天在大連驛他不應該不當心，不向後面看看，讓人抓走！

王貴德想了好幾夜，想到最後，他打定了主意。找個機會溜出去。出去之前，還要摸一些東西，好的，能賣的。然後，和小金桂一起。

王貴德在晚上，空閒的時候，就想他的主意。上課吃飯，和大家在一起的時候，他就裝作什麼也不想，把他想的東西偷偷地、祕密地，很謹慎小心地收藏在他的小腦袋裡。不讓人偷去！

這個主意在他的腦子裡裝了好幾天。他每天晚上從腦子裡面掏出來溫習，白天就裝進去。

二

勸業工廠有個婦女部。沒有家的兒童進附屬小學，無家無業的婦女就進婦女部。婦女部裡的人也有學習和勞動，婦女部就是流浪婦女的家。

有一天，是一個星期日早晨，學校裡來了一位陳大嬸，是婦女部派她來給小孩子們補衣服的。

陳大嬸常常來給小孩子補衣服，她不但會補衣服，而且會講故事，小孩們很歡迎她。每次陳大嬸一來，小孩們就說：

「給講個故事吧！」

陳大嬸就給他們講個故事。

小孩子喜歡陳大嬸，陳大嬸也喜歡這些孩子們。她常說：

「我自己沒有小孩子，你們大家都是我的孩子。你們都是我的兒子，是我的女兒。」

這天，陳大嬸又來給他們補衣服。小孩子們就嚷：

「陳大嬸，我的扣子掉了！」
「陳大嬸，我的口袋通了！」
「陳大嬸，我的褲子拉破了！」
「拿來！拿來！」陳大嬸就說。
於是，一大堆衣服就拿過來了。
陳大嬸不但會補衣服，而且做的漂漂亮亮，整整齊齊。
她開始補起衣服來了！
陳大嬸補衣服，小孩子們就圍在她跟前，王貴德也在跟前。一個小孩子就說：
「陳大嬸，講個故事吧！」
「好，給你們講個故事！」陳大嬸說。
「講個什麼故事呢？」小孩子問。
「啊喲，我的故事都講完了，講個什麼故事呢？就講個我自己的故事吧！」
陳大嬸說。說完她就開始講故事：
「我從前是跳大神的。」
她剛講了一句，一個小孩子就問：

「你為什麼要跳大神呢？」

陳大嬸就說：

「因為我懶，什麼不想學，什麼不想幹。也沒有人要我幹，沒有教我手藝，我只好學跳大神。這個容易，好騙人！」

王貴德在看陳大嬸縫衣服，她把針一動一動，線一抽一抽，他覺得很有趣味。他覺得她很能幹，很勇敢。他看她做衣服，好像看他母親從前做衣服一樣。想到他母親，他就胡思亂想，小攤子、日本人、泥娃娃，越想越多。現在聽說她跳大神，他就想到錢串子。想到錢串子，他就覺得他應該發表意見。於是他就發表意見：

「跳大神的人是頂不好的，我媽是給她嚇死的！」

王貴德一發表意見，別的小孩子也紛紛發表意見：

「神是假的。跳大神是迷信的，騙人的！」

「那簡直是頂壞頂壞的，老師說過的！」

於是有個大些的孩子就說：

「不要吵，不要吵，聽陳大嬸說故事！」

陳大嬸就說下去：

「我從前有個閨女，不是我養的，我欺負她。我叫她出去撿柴火，撿少了，我就打她！有一天，她出去撿柴火，再不回家了！」

「你為什麼打你的閨女呢？」

一個小孩子問。

「因為她不是我養的。因為家裡沒有柴燒，不打她，她就不撿柴火。」

王貴德聽到這裡，心裡想：「她倒是像金桂媽呢！不過金桂媽是不會到這裡來的。」他就又發表意見：

「打人是頂不好的。壞人才會打人，好人是不打人的！」

然後，大家也發表意見：

「打人是頂不好的，我們的老師就不打人！」

「打人是壓迫。」

有一個孩子就提出反對的意見：

「看打什麼人；打壞人不是壓迫！」

「打人總是壓迫！」

「打壞人不是壓迫！」

「是壓迫！」

「不是壓迫！」

「她打她的閨女。她的閨女不是壞人，所以她是壓迫她的閨女！」

那個大點的孩子就說：

「不要吵，不要吵，聽人家講呀！」

陳大嬸又說下去：

「後來蘇軍來了，大神不讓跳了。不跳大神，我騙不著錢，就到婦女部來了！婦女部待我好，教育我，改造我，我現在改造好了。我不騙人、不懶、肯學習、肯勞動。我也不會欺負小孩子了！」

陳大嬸講到這裡，大家又紛紛發言：

「你頂好了，你待我們真好！」

「你會給我們補衣服！」

「你會給我們說故事！」

「你會給我釘扣子！」

「你會給我補襪子！」

一個小女孩子就說：

「你好是好，就是有一點不好：上次我腦袋上長蝨子，你把我的頭髮都剪光了。你為什麼把我的頭髮都剪光了呢？我後來照照鏡子，真不好看！」

大家都笑起來。陳大嬸也笑了。她一面笑，就一面說：

「我眼睛不好，看不清楚啊！下次小心點，不再給你剪光了。」

小女孩子就說：

「湯老師說，不許我再長蝨子。我也再不長蝨子了！」

故事說到這裡，外面噹啷噹啷搖起鈴來；開午飯了！

小孩子要去吃午飯，陳大嬸也要回去吃午飯。陳大嬸就說：

「下次再講吧！衣服還沒有補好，要收到櫃子裡去呢！」

「我們幫您收！」小孩子們嚷起來。大家一邊嚷，一邊就把衣服搬到辦公室，裝進文具櫃裡去了。

許多小孩子搬衣服，王貴德也搬衣服。衣服不是新的，但是補好後，全都是漂漂亮亮，整整齊齊的。漂漂亮亮，整整齊齊的衣服是大家都喜歡，大家都會要的。大家都喜歡，大家都要的東西是值錢的！王貴德一面搬衣服，一面心裡想：

「白天裡，不鎖辦公室，也不鎖文具櫃！」想著他就眨巴眨巴眼睛。「文具櫃不鎖，門也不鎖，大家都睡午覺……」

衣服搬完了，大家去吃飯，王貴德也去吃飯。

王貴德一面吃飯，一面心裡有些慌慌的。他的眼睛沒有看見飯桌，也看不清吃的東西，眼睛跟前盡出現一件件的衣服，整齊的、漂亮的、值錢的。

整齊的、漂亮的、值錢的衣服，有人要的……可以吃蛋糕，可以做繡花枕頭，可以跟小金桂在一起。

王貴德想了又想。他在吃飯，他坐在飯廳裡，但是他的腦子和他的心偷偷地跑進辦公室。跑進辦公室，打開文具櫃子，把衣服翻了又翻，看了又看。他一面想，一面用眼睛烏溜烏溜地看看大家。大家都在吃飯，沒有注意他，他就低下頭，眨巴眨巴眼睛。

他手裡拿著筷子，筷子在發抖，他把夾起來的菜掉在桌上。

王貴德想了又想：「漂亮的！值錢的！」

「大白天裡，不鎖辦公室，也不鎖文具櫃……」

他想了又想，打定了主意：「吃完飯，大家午睡的時候，拿衣服，走出去……」

「就是這麼辦！」他想好了，他打著主意，用眼睛烏溜烏溜地看看別人。人家都在吃飯，沒有注意他。他就低下頭，眨巴眨巴眼睛，裝作沒有事的樣子。

這頓飯他吃得最快，比他平常快，比每一個人都快。

吃完飯，他很快地跑上樓去，收拾他的東西。心裡跳得碰通碰通的。

「要把自己的東西帶走，把有用的東西帶走！」

帶什麼呢？一支筆、一個本子、一塊硯臺。筆和本子送給小金桂畫娃娃，硯臺送給小金桂磨刀——小金桂和他說過，她將來要嫁給他，他們要住在有樓的房子裡，要煮飯。煮飯是要切菜，切菜是要磨刀的。——他想到磨刀，就把硯臺翻過來看看；硯臺底子凹進去一塊，這怎麼能磨刀呢？

我們知道，王貴德的腦子和手都是很快的，我們還不知道他在想些什麼，他的手已經辦到了。

他一面心裡想：「這不能磨刀！」手裡就拿起張昆的硯臺——張昆在樓下，他還沒有上來呢。——他把張昆的硯臺翻過來看看，又翻過去看看。張昆的硯臺不但底子又平又光，而且漂亮乾淨，不像他的那樣，四面八方都是墨糊糊的。

他看了又看，想了又想。就把自己的硯臺放在張昆放硯臺的地方，把張昆的硯臺拿起來。

他拿了自己的筆、小本子，張昆的硯臺。把筆和練習本子插在褲腰裡；把硯臺用手巾包好，綁在屁股後頭的褲帶上。

王貴德剛把這件事辦好，樓梯上碰碰地響，張昆進來了。

王貴德看見張昆走進門口，他就趕快躺下，假裝在睡覺的樣子。他起初是臉朝裡，背向外睡的，忽然想到不好，硯臺會被他看出來，他就閉著眼睛，翻個身，背向著草簟，臉向著天花板。躺了一下，身體下邊有一塊硬的，把他的腰弄得怪不舒服，他就又翻一個身，把背朝牆，臉向外邊。

這樣很好，不但睡得舒服，而且能夠把眼睛張一條縫，偷偷地去看張昆，張昆幹些什麼他都知道。

張昆先用毛巾擦臉，擦過臉，就整理桌上的書。然後就把「他」的硯臺推開一點，把硯臺旁邊的一個小蟲子抓起來，扔到窗子外邊。然後就躺下去。然後就呼呀呼地睡著了。

王貴德躺著，把耳朵靠在枕頭上；一面看張昆，一面聽見自己的心跳得碰通碰通的。

他在草簟上面躺了不久，大概喝一碗稀飯的工夫，但是好像過了大半年。一直等到張昆睡下去，而且在打呼呼的時候，他才一咕嚕爬起來。

爬起來之後，他又走到張昆跟前看了一看，看見他一動也不動，真是睡著了，他就把腳尖踮起來，輕輕地走到門口。然後像一股輕煙一樣溜下樓去。

所有的人都午睡去了；除開院子裡的蟬叫，和風吹樹葉子的聲音以外，四面都是清清靜靜的。王貴德一直跑到樓下，一直跑到辦公室門口，沒有碰見一個人。只是路過辦公室旁邊，路過值班生休息的那間小屋的時候，看見值班生伸了一下胳膊，嘴裡說了幾句夢話，翻過身又睡著了。

王貴德跑進辦公室去。文具櫃開了一半，一面放的是粉筆和書，那一面放的是衣服。衣服擺得整整齊齊的，還跟剛才一樣；還沒有人動過呢！

王貴德又走到門邊，伸出頭去看一看，又把頭偏過來，向四面聽一聽。沒有人，也沒有聲音。他又走到值日生的小屋門口，歪過腦袋張一張，值日生睡得一動也不動。他又跑回來，走到文具櫃旁邊，伸手去拿衣服。可是衣服上面放了一大堆石板，要先搬開石板才好拿到衣服。搬石板是不容易的，有聲音的，他就想：

「要小心一些才好呢，他媽媽的！」

王貴德搬了一塊石板，又搬第二塊石板，然後又去搬第三塊。第三塊還沒有動呢，門外面有人走路，而且聽見說話的聲音。「這是誰呢？這個時候哪裡會有人來，哪裡會有人到這裡來說話呢？」他心裡跳得碰碰的，趕快把石板又放進去。放完石板他就回頭看看，看見湯老師的辦公桌子，他就走過去，一蹲蹲到湯老師的辦公桌子旁邊。

那個說話的人是誰呢？是湯老師。現在不是辦公時間，湯老師為什麼跑到辦公室來呢？而且不只湯老師一個人來，她還領了一個小孩子，這是為什麼呢？

在王貴德進來的前幾天，學校裡來了一個日本小男孩。這個孩子姓林叫林昭。林昭的父親從前是個日本水手，駐在旅順，林昭是在旅順生的。就是王貴德進來的頭一天看見的，那個大肚子的孩子。

一九四四年秋天，林昭的父親得到上級命令，調往南洋前方。林昭的父親就和母親說：「日本要打敗仗，我會打死的。叫他改個名字，做個中國孩子吧！」林昭的母親就把他原來的姓名改掉，起個中國名字，叫作林昭。

林昭父親走後，沒有寫過信回家，林昭母親想念他的父親，得了病，今年春天死了。

林昭母親死後，林昭被他的中國鄰居送進勸業工廠附小來。

林昭長了一個怪樣子：大頭，瘦身體，肚子一天到晚都像吃得鼓鼓的。他也有個怪脾氣，不愛說話，不笑，也不愛跟別人一塊玩。他空的時候，就蹲在牆根底下，掏出幾個蟋蟀來，看蟋蟀打架。誰要去找他，他就一聲不響，鼓一鼓嘴，走開。

別的孩子也不愛跟林昭一起玩，說他好瞪眼睛，好跟人吵嘴，好抓一把土扔到別人頭上；好把別人的東西扔在地下；還好把別人修得很尖的鉛筆尖子弄斷。因此大家常常叫他小日本帝國主義。

林昭也有個好處，他在課堂上守規矩，不說話，不亂往外跑。老師講書他用心聽。他對他的老師有禮貌，聽老師的話。湯老師說：「林昭並不壞，是大家沒有跟他搞好團結呢！」

林昭跟小孩子弄不好，可是他喜歡湯老師。不管什麼事情，他都告訴湯老師。大家和他吵了架，他就告訴湯老師，說：

「他們和我吵呢，湯老師。」

人家罵他小日本帝國主義，他也告訴湯老師，說：

「他們罵我呢，湯老師！」

他常常要肚子疼；當他肚子疼的時候，也去告訴湯老師：

「我肚子疼呢，湯老師！」

湯老師喜歡許多小孩子，也喜歡林昭。每逢林昭向她說，「我肚子疼呢，湯老師！」湯老師就說：

「讓我摸摸你的肚子看，是不是吃多了呢？是不是有蟲呢？」湯老師說過，就摸摸他的肚子。然後就說：

「讓我給你開個條子，要去找醫生呢！」

這個星期天，湯老師剛吃過午飯，準備到她的寢室裡去休息。剛走到樓梯口，她碰見林昭。林昭就告訴湯老師，說：

「我肚子疼呢，湯老師！」

「你又肚子疼嗎？我給你寫個條子，去找醫生看看吧！」湯老師說。湯老師說完，就拉著林昭的手，走進辦公室去。

湯老師走到辦公室，帶著林昭。

奇怪，辦公室裡怎麼會有人呢？這是午睡時候，午睡時候大家都要休息的。值日生要休息，大家要休息，大家都在自己的房裡，躺到自己床上和草簟上去休息的，辦公室裡怎麼會有人呢？

辦公室裡真是有人呢！一個小孩，他在辦公桌子旁邊，蹲在桌子旁邊的地下呢！

「這是誰呢？」湯老師想。再一看，原來是王貴德。王貴德現在為什麼跑到辦公室來呢？於是湯老師就說：

「王貴德，你現在為什麼跑到這裡來呢？現在是午睡的時候，你為什麼不到你的房裡去睡覺，跑到這裡來呢？」

王貴德的腦子是很快的，湯老師問過他，他立刻回答：

「我肚子疼呢！湯老師！」

「肚子疼為什麼跑到這裡來呢！」湯老師說。

「我到這裡來找老師，告訴老師說，我的肚子疼呢！」

「怎麼你也肚子疼呢？讓我摸摸看，是不是發燒呢！」湯老師說著，伸過手，摸摸王貴德的頭。

王貴德的心裡跳得碰通碰通的。把他的腰向桌子靠得緊緊的。

湯老師摸過王貴德的頭，又摸摸他的臉，說：

「可不是，熱烘烘的，真是有了病啊！也去找醫生看看吧！」

「嗯，肚子疼得很呢！」王貴德故意哼了一聲，表示那是真的。同時，把身子向桌子旁邊一扭，想溜到旁邊去。

湯老師抬頭看看窗戶外面的太陽，又看一看她的手錶，說，「大概醫生還沒有休息呢！」她就拿起筆，預備寫條子。

王貴德看看湯老師，眨巴眨巴眼睛，想動一動身體。湯老師又伸出手去，一把拖住他，說：

「讓我摸摸你的肚子看，是不是吃多了？」

湯老師伸手去摸摸王貴德的肚子。

她摸了一下，就順手帶出他的筆和本子，說：

「這是幹什麼的？為什麼把這裝在身上呢？」

「我昨天上課，我忘了，我掉在課堂裡。我剛從課堂裡拿來的！」王貴德說。

他臉上急得通紅，心裡跳得碰通碰通的。又把他的腰向桌子靠得緊緊的。

「啊，你忘記了，掉在課堂裡，下次還會不會再掉呢？」

「不會掉了，不會掉了！湯老師，我再也不會掉了！」王貴德說。他的眼睛烏溜烏溜地望著湯老師，他的手偷偷地伸到後面，摸一摸自己的褲腰帶。

「好，下次可不許把上課的東西掉在課堂裡！自己的東西要自己當心。萬一弄不見了，萬一別人給你弄壞了呢？知道嗎？」

「知道了，湯老師，我再不會掉了！」他又摸一摸他的褲腰帶上。

「好，我現在寫張條子，你和林昭一起去找醫生，弄點藥來吃！」

湯老師一面說，一面坐在辦公桌前面，拿起筆來寫條子。

王貴德看見湯老師掉過臉去寫條子，他就順著桌子站起來，一溜溜到門口去。湯老師寫好條子，林昭拿著湯老師的條子，王貴德就拿著自己的筆和練習本子，跟林昭一起到醫務所去。

王貴德一面走，一面扭過頭去看看林昭。

林昭板著臉，只顧向前走，不看王貴德。王貴德想起頭一次看見林昭的那個樣子，他偷偷做個鬼臉，也不再看他！

三

這是一個漂亮的夏天，涼風幽幽的。昨天晚上下過一場大雨，街道上乾乾淨淨，樹葉子上沒有半點灰土，到處都明明亮亮。

通明的太陽照著大地；它照明了每一座房頂，每一棵樹，每一片瓦，每一張樹葉子。它照明了小溪邊的每一粒小沙，和樹枝上的每一隻鳴蟬的翅膀。也照明了人的心，人的腦子，和人身體上所有的東西！

醫務所靠學校不遠，但是要經過一條街，一條有溪水的小道。王貴德和林昭經過這些地方走向醫務所去。

王貴德不愛今天的太陽，他覺得太陽太亮，刺他的眼睛。

他不愛今天的天氣，他覺得天氣太熱，把他的身體弄得重沉沉的。

他不愛這種幽幽的涼風，他覺得風會把他的衣服吹得飄呀飄的。

他不愛這條乾乾淨淨的大道，他覺得在這條光溜溜的大道上走，人家會把他看得清清楚楚的。

他不愛跟林昭一起走，他覺得林昭的眼睛好轉來轉去，老在他身上閃呀閃的。他不喜歡這些樹，樹上有蟬叫，叫的聲音真不好聽，它們老在叫。

「知道了！知道了！」

他不喜歡剛走過的那條泉水；泉水從山上流下來，一面流，一面嗞玲嗞玲叫喚，聲音好像在說：

「你撒謊！你撒謊！」

王貴德一面走，一面心裡想：「如果現在能夠跑掉才好呢！」他想了一想，用手偷偷地摸摸褲腰帶，又眨巴眨巴眼睛，望了望林昭。林昭的眼睛望著前面，沒有看王貴德。但是他和他靠得很近，王貴德覺著他是在看守他。

王貴德跟著林昭走了一條大街，一條小道；往左轉，往右轉；路過一條賣糖娃娃的小攤子，一個賣紅絲線，綠絲線，黃色絲線和紫色絲線的小店。又路過一個賣方點心，圓點心和長圓點心的玻璃櫥窗，到了醫務所。

剛到醫務所門口，王貴德出了一身大汗；他的衣服汗得濕淋淋的，好像上次和小金桂一起睡在草地上，被草上的露水弄得濕淋淋的一樣。

他進了醫務所，看見了醫生。醫生是一個戴眼鏡的，年紀輕的，眼珠子閃亮閃亮的，會東看西看的人。

林昭把湯老師寫的條子交給醫生。醫生看過條子，把眼睛望著林昭和王貴德，閃呀閃的，說：

「好，看一看，吃點藥吧。小孩子總是愛鬧肚子痛的！」醫生說過，看見林昭站在他身邊，他就拉著他的胳膊說：

「就先給你看吧！把衣服脫下來！」

林昭脫下他的汗衫。醫生摸摸他的肚子，又用聽筒聽他的胸脯，然後又叫他掉過臉，敲敲他的背，捏一捏他的腰。

王貴德看見林昭脫了衣服，心裡又跳得碰通碰通的。他想：

「壞了，醫生等下也要叫我和他一樣，脫下衣服來的！」

王貴德的主意是很多的，他剛才這樣想，立刻就望望醫生，說：

「我去上上茅房，可以嗎？醫生？」

「哦，那自然是可以的。不過你要快一點呢！」醫生回答他。他把眼睛在王貴德身上閃呀閃的。

王貴德就把本子和筆放在桌上，像一股輕煙一樣地跑出去。出去以後，他先進了茅房，把硯臺從褲帶上解下來，又像一股輕煙似地跑出去。

他跑到走廊上，走廊上乾乾淨淨，沒有地方可以藏他的硯臺。他跑到院子裡，院子裡也乾乾淨淨，沒有地方可以藏他的硯臺。他又跑進廚房旁邊的那個小巷子，小巷子又是乾乾淨淨，整整齊齊，沒有地方可以藏他的硯臺。他跑了許多地方，許多地方都不能藏他的硯臺。

最後他跑到靠進廚房旁邊的柴火房；柴火房裡有一大堆柴火，柴火下邊是可以放下這塊東西的。但是，「說不定就要有人來抱柴火呢！這怎麼辦呢？」他想。

終於他在柴火旁邊的牆角裡，發現了一塊大石頭。石頭是不會有人動的。他就把石頭搬開，把硯臺放在牆角裡，然後又把石頭靠過去。啊呀，石頭沉得很呢，好不容易搬的！他剛放好石頭，牆角裡爬出來一條可怕的東西；灰色的，有兩隻鉗子，有一節一節的彎尾巴的。這是會扎人的，扎起人來可疼得要命，疼得立刻會要哭起來，就連大人也會要嚷起來的東西；這是一隻很大很大的大蠍子呢！

王貴德嚇得出了一身汗，他一面擦汗一面想：「差一點沒給它扎到呢！他媽媽的！」

藏好硯臺，王貴德就走出來。路過廚房的時候，他發現有一個老頭子伙夫睡在一條板凳上。他的心又跳得通通的，他想：「我剛才怎麼沒有看見呢？還好，他沒有醒來，要不然，那可糟了呢！」

王貴德走回醫務所去。他覺得他的身體特別輕鬆，心裡涼幽幽的，腦子清清楚楚的。他用手摸一摸背後的褲腰帶，眨巴眨巴眼睛，他笑了。

王貴德剛走到醫務所門口，林昭從裡面出來了。他拿著藥水瓶和王貴德放在桌上的筆和練習本子。他看見王貴德，說道：

「怎麼去這麼大半天呢？醫生說，你準是害怕吃藥，逃走了呢！」

王貴德一聽「逃走」，趕快又眨巴眨巴眼睛，心裡想：「醫生怎麼知道呢？準是這個傢伙猜到，告訴他的。」他翻起眼睛，望望林昭，又想：「我看他走在路上不規矩，眼睛老是烏溜烏溜的！」想過，就紅著臉，氣沖沖地說：

「醫生是胡說的，我為什麼要逃走！我為什麼要逃走呢？」

「瞧你那樣子，急什麼呢！他是說你逃回學校去了！」林昭把拿著藥水瓶的手放在他鼓鼓的肚子上，望了望王貴德，皺了一下鼻子和眼睛。

王貴德也望了望林昭，把眼睛擠了一擠，想：「他不老實呢！」於是他低下頭，假裝不高興的樣子，說：

「我本來是要回去的，可是我怕湯老師，看我不看病，她要罵我的！」

「不要說了，快點進去吧！我在外面等你！」林昭說完，搖著他圓鼓鼓的肚子，又看了看王貴德的臉，呼呼地走出去了。

王貴德進了醫務室，醫生從眼鏡裡望望他，說：

「我當你不來，把你的本子交林昭帶走了。好，脫下衣服來！」

王貴德不言語，很快地把衣服脫下。並且把身體站得筆挺，好像告訴醫生說：

「你看，我一點也沒有怕你看見的東西！」

醫生給他聽過胸脯，敲過背脊，然後又摸摸他的臉說：

「好，把衣服穿起來！」

王貴德就慢慢地把衣服穿起來。醫生又說：

「臉上熱烘烘的，大概是有什麼不舒服呢！吃點藥吧！」說完，就拿了點藥水給他。

王貴德拿了藥水，心裡跳了幾跳，走出去了。一出去，他就去找林昭，林昭不見了。他哪裡去了呢？他東找西找，一處也找不到林昭。他就叫起來：

不到。

「林昭，林昭！」

叫了兩聲林昭，林昭沒有答應，他急了。他就滿處去找林昭。他跑到茅房去找林昭，跑到小巷子裡去找林昭，到廚房去找林昭。他跑了很多地方，一處也找不到。

既然找不到林昭，他就不找了，決定自己回去。可是剛走到院子裡，看見牆角裡蹲著一個小孩子，他在那裡玩蟋蟀呢。「這不就是林昭嗎？他為什麼不理我呢？」他想。他又叫了一聲林昭，林昭回過頭來，望他笑了笑。

林昭不笑還好，他這一笑，王貴德生氣了，他鼓起嘴，狠狠地說：

「叫你半天為什麼不理呢？」

「嘿嘿，我逗你玩的，我要讓你多叫一陣子呢！」

王貴德聽林昭說有心逗他玩的，他更加生氣，就嚷起來：

「誰要跟你玩？我才不要跟你玩呢！」

「不跟我玩活該，我也不要跟你玩！」林昭也嚷起來。

「活該就活該，把我的東西給我！」王貴德說。

「什麼東西？我不知道！」

「我的筆跟本子，你不知道？」
「不知道！」
「真不知道？」
「不知道！」
「你無賴！」
「你才無賴！」
「你不要臉！」
「你才不要臉！誰叫你把本子帶出來！不要臉，還藏在肚子上呢！」

王貴德聽見林昭這樣說法，心裡想：「他一定猜到了呢！」他覺得跟他吵不是辦法，還是嚇他一下才好。他就眨眨眼睛，裝作沒有事的樣子，說：

「你到底給不給？不給我就去告訴老師，說你搶我的本子！」

這一嚇，發生效果了。林昭聽說要告訴老師，不再說話。他站起來，肚子一鼓，把王貴德的筆跟本子狠狠地向地下一扔說：

「給就給，什麼稀奇！破爛東西，我才不要你的！」

扔完之後，他就呼溜溜地跑掉了！

醫務所的院子是一片泥地，地面上一高一低的。昨天夜裡下過一場大雨，雨水積在窪下去的地方，變成又黑又髒的泥坑子。林昭把王貴德的筆和本子恰好扔在一個泥坑裡。

王貴德拾起自己的筆和本子，本子弄得又黑又髒，泡得濕淋淋的。王貴德這個本子是新領的，領來的時候老師說：

「你的練習本總是弄得很髒的。這次可不許弄髒，弄髒了要受批評的啊！」王貴德怕受批評，很愛護這個新本子。而且他才用了兩頁，實在是乾乾淨淨，連一個黑指頭印子都還沒有弄上呢！

「這該怎麼辦呢？」他想，「老師一定要問的！」老師問的時候，他當然可以說，林昭給他扔髒的。但是老師一定要說：「誰叫你把本子帶出去？誰叫你忘記，把它掉在課堂裡的呢？」而且湯老師剛才已經批評過他，不該掉在課堂裡的！

他抱著本子，越看越悲哀，越看越有氣；好像上次擺小攤的時候，他的泥娃娃掉在馬路旁邊，躺在泥水坑裡一樣的！

他想追出去，追上林昭，把他狠狠地罵一頓。罵他強盜，罵他不要臉，罵他混蛋，罵他小雜種，罵他王八蛋，罵他狗養的，把他所會罵的都搬出來罵他。但是突然一想，他不能就走，他忘記了一件事，掉了一件東西，硯臺還沒有拿呢！

他就又轉回去，跑到柴火房裡，把石頭搬開，把硯臺拿出來。他因為又是生氣，又是著急，又是用缺指頭的那隻手拿硯臺的，一下子沒有拿好，在石頭上碰了一下，把硯臺角上碰缺了一塊。

「真搗亂，又把硯臺碰壞了！他媽媽的！」他自己狠狠地罵起來。他一面罵一面用手抓抓腦袋，腦袋上像針扎一樣癢呀癢的。又用衣袖子擦了一擦臉上的汗珠子，然後用毛巾包好硯臺，像原來一樣，吊在他的褲腰帶上，呼呀呼地跑出去。

林昭不見了，醫務所裡靜靜的。他路過廚房的時候，那個老頭子伙夫還在睡覺，好像還沒有翻過身。他想：「快點走，現在還趕得上趟呢！」

王貴德快快地走，但是他總覺得走得太慢。這條路怎麼這麼長，這個坡子怎麼這麼高！他來的時候所經過的地方一個不少，一個也不能跳過去。他又經過糖娃娃小攤子，點心櫥窗，絲線鋪子。經過剛才所有的地方——他現在還發現：賣絲線的小鋪裡邊，有一個像小金桂一樣的小姑娘。這是他剛才來的時候沒有看見的——最後才回到學校。

他回到學校，剛走到大門口，值班生拿著鈴子，叮噹叮噹地在搖，午睡的人起來了。王貴德悲哀地看看值班生，看看他手裡的鈴子。用衣袖子擦擦汗，心裡偷偷地罵了一句：「他媽媽的！」呼呼地跑上樓去了！

王貴德跑回寢室——張昆已經下樓去了——解下硯臺，放在桌上。心裡滴哩咕嚕的：

「明天早上老師一定要罵人，一定要罰擦黑板的呢！」

他想著，把本子拿來看一看。翻過來看一看，翻過去看一看，又一頁一頁地翻著看看。完全髒了，沒有一頁是好的！不但髒，而且破了。一個漂亮的本子變得又髒，又黑，又破，好像漂亮的泥娃娃掉在汙水裡！

看著這個難看的本子，他就想著林昭的怪樣子：鼓著肚子，瞪著眼珠，牙齒一咬一咬的，鼻子眼睛一皺一皺的。他罵他「不要臉」，笑他，說他想逃回去。扔他的本子，把他的新本子扔到泥坑裡。而且因為他，他今天沒有走成！他就一心認定，林昭是存心來跟他搗蛋的！

王貴德越想越悲哀，越想越有氣。想到這裡，他突然感到，林昭很像那個打翻墨水的日本小鬼。他跟他一樣，什麼都一樣，一樣難看，一樣討厭，一樣又凶又狠；他就是他變的！

他一樣一樣地想著，心跳到嗓門口，頭上冒著汗珠。他摸摸自己的缺指頭，把牙齒狠命地咬一下，想：「他媽媽的！」他要報仇雪恨了！

他立刻想到了許多辦法：他想和他吵，叫他賠本子。想罵他，用各色各樣的話罵他。想向他臉上吐唾沫，想抓他的臉；想揪他的脖子，撕他的衣服。想揍他！

他想了許多辦法，許多辦法他都覺著不好，不能消滅他胸中的氣憤。只有一樣：揍他一頓，把他的鼓肚子打扁！

他想來想去，想了很久，他想好了，還是揍他！

既然要揍他，就得想個辦法。他又想來想去，想來想去，想了很久。但是好的辦法想不出來。

突然他想到了：林昭住在樓下，他自己住在樓上。林昭每天夜裡起來小便，他也起來小便。林昭那個時候起來，他也在那個時候起來。他起來的時候總看見林昭站在院子裡，在那棵樹底下，在那棵向日葵旁邊。

「撿把石頭，從窗子裡扔下去！就在那個時候，夜裡，誰也看不見，就連林昭也看不見的！」

王貴德是很會打主意的，而且他很快就會把主意打好。他現在已經有了主意了。主意有了，偷偷地藏在心裡，不讓人偷去。

他現在心裡藏了兩個主意：有一個是舊主意，他早就想好了的主意：逃出去，和他的小金桂在一起。到海邊去撿珠子、撿金子、吃蛋糕、住亮房子、睡花枕頭。逃出去要趕快一點，遲了是不好的，小金桂會不見，她會餓死，會給人搶去，會給後媽抓回去，會給她揍死……逃是要趕快的！

那一個新主意是剛才想過的，打林昭。打他恨的日本小鬼，報仇！想到他的新主意，他就想到他的家，他的小攤子，他的小餅子，脆麻花，糖泥娃娃，他的手，好好的手指頭。

手指頭再也長不起來了！把盆子裡面的蔥掐掉一把，那是長得起來的，把種在地下的大蒜葉掐掉一根，也是會長起來的；但是他的手是再也長不起來了，要長早就該長起來了，既然這麼久都沒有長起來，那是再也不會長起來的了！那他怎麼能夠忘記那個日本小鬼，那個日本憲兵呢？他怎麼能夠忘記那個日本憲兵打他，他耳朵旁邊就像響著大炮一樣？怎麼能夠忘記他把他的胳膊抓起來，向火爐旁邊推過去，他站不住，他往下倒，好像聽見打雷一樣，倒在滾熱的爐子上呢？他怎麼會忘記呢？

他怎麼會忘記他的手爛了那麼久，那時候，他每天都那麼疼，那麼不好受，好像有火在燒他，好像有小蟲子在咬，有小針在他手上扎的味道呢？

他是不會忘記的！永遠不會忘記的！他除開沒有工夫去想，如果想起來，那是清清楚楚；好像窗子外面那根樹枝一樣，清清楚楚的；好像天上的那塊雲彩一樣，清清楚楚的；好像他那個練習本上的汙泥印子一樣，清清楚楚的；好像他不吃飯肚裡就餓，吃了飯就飽一樣地清清楚楚的。那他怎麼會忘記呢？永遠不會忘記，永遠不會忘記！

這麼清清楚楚的事情他怎麼會不恨呢？當然是恨的！他恨得這麼厲害，恨得這麼長久，現在那個仇人在他一起，而且又欺負了他，他為什麼不報仇呢？當然他是要報仇的。

逃走跟報仇都是要緊的；兩樣都要幹，一樣不能少。但是逃走就不能報仇，報仇就耽誤逃走；這可怎麼好，怎麼好，怎麼拿主意呢？他想來想去，沒有主意，想來想去，沒有主意。他的頭想昏了，一粒粒汗珠子從頭上往地下掉，還是沒有主意！

不過想多了，主意還是會拿出來的；他現在拿出主意來了。這個主意就是，還是先報仇後逃走。因為報過仇，還可以出去，出去還可以找到小金桂；但是找到小金桂，就不能再回來報仇。那他為什麼現在要逃走，不先報仇呢？為什麼既然碰見了仇人，又要把仇人放掉，自己逃走，讓仇人舒舒服服的，那是為什麼呢？

他現在才不走呢。他一定要打他的仇人；用一大堆小石子去打他的仇人。要打中他的眼睛，打中他的腿，打中他那個鼓起來的大肚子。要打得他嗚嗚地哭，打得他流出血來，打得他肚子扁下去；還要把他的手指頭打掉，然後他也叫他「爛指頭」—「缺指頭！」—

王貴德這樣想過了，想過之後，就鼓一鼓眼睛，狠狠地擠一下鼻子，他的主意打定了！

主意想好之後，把他的主意緊緊地藏在心裡。

王貴德是堅決的，他打好一個主意，他就一定要去執行他的主意。他既然決定打林昭報仇，他就要去撿石頭。

學校裡的石頭是很少的，他要打人，就要去找石頭。

從第二天起，王貴德開始出去找石頭。他到操場牆根下面去找石頭，在小倉庫後面院子裡去找石頭，到有小石頭的地方去找石頭。他看見一塊小石頭，就偷偷地撿起來，放在衣袋裡。又看見一塊小石頭，又偷偷地撿起來，放在衣袋裡。他慢慢地，很祕密地去撿，因為怕人看見了問他：「為什麼撿石頭？」過了好幾天，他的石頭撿夠了，夠打一個人，夠打他的林昭了。他偷偷地把這些石頭藏起來，藏到他的枕頭旁邊，藏到枕頭旁邊的那件小衣服下面。

這天，他準備好：在半夜裡，在林昭起來的時候，他站在樓梯旁邊的那個窗子跟前，林昭一來，他就把石頭扔下去。他準備好了！

四

事情總是這樣的：這件事沒有完，那件事情又發生了。而且一件事和另外一件事都有密密切切的關係。辦事的人時常要擱下這件事，去辦那件事；說故事的人也時常要擱下這件事，去扯那件事。

王貴德正要打林昭，這天下午又發生了一件事。因為這件事發生，王貴德就沒有打成。所以我們只好暫且擱下那件事不提，先說這件事。

今天下午發生的是什麼事呢？是張昆洗硯臺的事。

現在就從張昆的硯臺說起吧！

張昆領硯臺的時候，學校裡剛送進來一批新硯臺；老師叫張昆領硯臺，張昆就在好些個硯臺當中，拿了一個最好的硯臺；是一個四面又光又平，連硯臺底子都是又光又平，到處都沒有一點毛病的、漂亮的硯臺。張昆喜歡他的硯臺，他有空的時候就去洗硯臺；洗過之後，把它擦得乾乾的。他不愛寫字，在課堂上寫字的時候，他常常告訴他的老師說：

「老師，我的硯臺髒了，髒得很呢！要連我的手，我的本子都弄髒了，我要去洗一洗呢！」

老師就說：

「怎麼別人的硯臺不髒，就你的硯臺髒呢？好吧，去洗一洗吧！」

張昆就跑到盥洗室去，把水管子打開，嗞呀嗞地沖他的硯臺。

今天上午又上寫字，張昆又告訴老師說：

「老師，我的硯臺又髒了，回頭我的衣服也要弄髒的，我要去洗一洗呢！」

老師說：

「洗去吧！」

張昆又跑進盥洗室，把水管子打開，嗞呀嗞地沖他的硯臺。沖過這面又沖那面，然後又把底子翻過來。

奇怪了，張昆今天洗硯臺，發現他的硯臺出了毛病。他的硯臺本來是那樣平，那樣光，上下都沒有一點毛病的，為什麼硯臺底上會有一個窪呢？這是怎麼弄的呢？是誰給他弄的呢？不會的，這不是誰弄的，誰也不會挖他的硯臺的。準是誰看中了他的硯臺，把他自己的壞硯臺給他，把他的好硯臺換走了。

是誰換他的硯臺呢？誰會跑進他的房裡，從他的小桌子上，他和王貴德兩個人合用的小桌子上拿走他的硯臺呢？不會的，沒有別人會來的。那麼是誰呢？想來想去，他想出來了。張昆是聰明的！

他回到課堂上，故意從王貴德位子上走過，走過的時候，伸開脖子，看一看。不錯，是像他自己的硯臺呢！他裝作沒有事，一聲不響。

趕到下午，王貴德不在房裡，張昆就把王貴德的硯臺拿起來，看一看，翻過去，又看一看。然後，拿他的洗臉手巾，在硯臺底上擦一擦，把黑墨擦擦乾淨再看一看。不錯，這就是他的硯臺；他在一大堆硯臺中挑的，一塊最好的硯臺。可是這個硯臺缺了一塊，是他打壞了，準是他打壞了！他認清楚了。

他的硯臺的確被他換了。他就立刻跑到樓下，跑到操場上，跑到秋千架旁邊找到王貴德，一把抓住他說：

「你拿了我的硯臺，你把我的硯臺弄壞了，還我硯臺！」

王貴德正在操場上玩得起勁，準備爬在秋千架上打秋千，突然聽見張昆向他提起硯臺，他的心跳得碰通碰通的。他就向他說：

「我沒有拿你的硯臺！我有我的硯臺，為什麼要拿你的硯臺？」

張昆把他一把抓住，往回就走，說：

「你還說沒有拿我的硯臺？還說沒有拿我的硯臺？你去看一看，看一看你拿的明明是我的硯臺，你這不要臉的！」

王貴德心裡想：「他罵我不要臉的，我也罵他不要臉的。」但是他沒有罵他不要臉的，他只說：

「你看你那鬼樣子。自己賴人拿了硯臺，還罵人不要臉的！我不高興去看那塊硯臺，我用的是我的硯臺！」

「你不去？那就到老師那裡去，找老師講理去！」張昆緊緊地拖住王貴德。

「去就去，我也去告訴老師，說你罵我不要臉的！」

王貴德跟張昆來到湯老師這裡。

湯老師看見他們，就問：

「又有什麼事呢？」

「他換了我的硯臺！我的硯臺是好的，我認得，他把壞的換給我！」張昆說。

「你怎麼知道他換了你的硯臺呢？」湯老師問。

張昆就告訴湯老師，他怎麼知道的；他的確認得他自己的硯臺。

「你是不是換了呢？」湯老師問王貴德，「你還有什麼理由呢？」

「我沒有換。他罵我不要臉呢！」

湯老師看了看王貴德，他的眼睛烏溜烏溜的，他的樣子不老實呢！

湯老師就說：

「王貴德，我猜想，你一定是換過他的硯臺的。你如果換過，這是不對的，你不應該換別人的東西呢！」

「張昆，」湯老師對張昆說：「你也是不對。硯臺都是學校裡給的，什麼叫做好的，什麼叫做壞的？為什麼你就該用好的，別人就該用壞的？這種想法是不對的。你還罵了人，罵人也不是對的。好，這件事我們放在檢討會上去檢討。王貴德是不是拿了人的硯臺，叫他檢討。你罵了人，你也檢討！」

王貴德和張昆兩個都不說話，兩個互相看了看，互相擠了一下鼻子和眼睛，走開了。

這天，王貴德是不會想到他的硯臺的，而且硯臺對於他，現在根本不是重要的。如果張昆剛才不罵他，眼睛鼻子不擠得那樣難看，他也許早就會說：「對不起你啊，是我拿錯了，我還給你吧！」因為王貴德並不是那樣頑固，一點錯誤也不肯承認的。張昆既然罵了他，而且到老師那裡去告過狀，那他們的關係就算是破裂，他當然不願意那樣說，而且他乾脆就不理了。並且他連想也不願意再去想，他與其去想這個，不如想他今天夜裡的大事呢！

張昆和王貴德的想法可不一樣，他是很生氣的。他怎麼能夠不生氣呢？他的硯臺被他拿走了，而且破壞了！如果硯臺角上不壞一塊，那也比較好辦一點；王貴德既然能夠偷偷地把他的硯臺換走，他當然也能夠偷偷地換回來。但是硯臺已經打壞了，換回來也是一塊壞硯臺，那又何必去換呢？他既然不想去換，而且這口氣消不了，那就要做第二步打算了。什麼打算呢？他要報復這件事，替他失了好硯臺這件事去報仇！

這天是兒童節，大家在晚飯的時候吃了好東西，大米飯、紅燒魚、豬肉煮豆夾、番茄蛋湯。還有工廠裡送來的小點心。

晚飯後，大家在大課堂上開娛樂晚會。晚會上有唱歌、講故事、話劇。完了還扭秧歌。大家玩得很高興。王貴德玩得也很高興，高興得都不想去睡覺了。

張昆一直在想著心事：想找個機會，辦他的事情。因此，這晚上，當大家玩得高興的時候，張昆悄悄地溜回房去。一進房他就滿處找來找去，想找出一樣王貴德的東西，這件東西是他喜歡的，他給他拿走，作為報仇。

他在房裡翻了半天，沒有一樣好拿的東西。他把王貴德的東西都翻過，他的草席，他的小桌子，他的抽屜，他在牆上掛的布口袋，他的書包，都翻過了，一樣好拿的也沒有。因為王貴德有的東西，他自己也有；如果沒有，可以找老師去要，何必要拿他的呢？

翻到最後，他轉了一個念頭，把他的東西弄壞一樣，因為他弄壞了他的硯臺。但是弄壞什麼好呢？上課用的東西是不能弄壞的，衣服和被，和睡覺用的東西也是不能弄壞的；因為這些東西很重要，他發現了就要告訴老師，他是要挨罵的。那麼弄什麼好呢？

他一面想，一面又去翻；翻來翻去，有了東西了：他發現在王貴德的枕頭下邊，枕頭下邊的衣服裡面，有一堆又圓又硬的東西。這是什麼呢？揭開看看，原來是一堆小石頭；圓圓光光的，有些上面還有花紋呢！「這是王貴德揀回來玩的，他一定是揀來到樹林子裡去打鳥玩的。就這麼辦，把他這堆石頭拿起來！」他想。

張昆是不愛玩石頭的，他從來沒有玩過石頭，石頭有什麼好玩呢？又沉又重，沒有什麼道理。他既然不愛玩，不喜歡，那又怎麼辦呢？

想來想去，想出辦法了：「好，把它扔出去，把這些石頭扔到外面去！從窗戶裡，一塊一塊地，向街上、向草地、向遠遠的地方，都給他扔出去！」張昆這麼想，他就扔出去了。把王貴德的石頭完全扔出去了。把王貴德辛辛苦苦地，偷偷地，從許多地方，一塊一塊揀進來的，預備用來打他仇人的小石頭，通通扔出去了。連最小的一塊都扔出去了！

晚會完了；王貴德很高興，他吃得高興，玩得也高興，他是從來沒有這樣高興過的。

回到房裡，躺在草簟上，把他今天晚上吃的東西和玩的東西又細細地回想了一遍，又把今天夜裡要幹的那件祕密想了一想，呼呼地睡著了。

睡到半夜，一個咕嚕爬起來，照他平常一樣跑到茅房去。去了回來，爬在視窗看看，奇怪，怎麼林昭今天不出來呢？他不出來自然是沒有法子的，他只好回去睡覺。

剛躺下去，聽見院子裡在響，有人走路，跋達跋達的。王貴德又爬起來，又站到窗戶口看看。

天空是清朗的，月亮鬼頭鬼腦，剛從一片雲裡鑽出來，又鑽到另一片雲裡去。

星星好像害怕月亮，站在靠著月亮遠遠的地方，眨巴眨巴眼睛。路燈好像怕發生什麼怪事，把脖子伸得很長，眼睛瞪得閃亮閃亮。

院子裡亮得好像白天裡，東西都看得清清楚楚。在閃亮的院子裡，出現了一個小孩子；大頭，瘦身體，鼓著肚子；他從裡面出來，跑到向日葵旁邊去。

這個小孩子是誰呢？

不是別人，就是林昭；是王貴德要打的，他的小仇人林昭！

王貴德看見林昭，心裡想：「趕快一點，他媽媽的！」一面想，一面心裡跳得碰通碰通的。「慢了他就進去了。」他想著，往回就走，一面走，一面心裡著急：「輕一點，不要把張昆弄醒了。」他心裡一急，褲子給掉了。「真彆扭，怎麼褲子也掉了呢？」他就用手提著褲子，趕快走到草簟子跟前去。

走到草簟子跟前，他就趕快用一隻手去塞他的褲腰，另一隻手伸到枕頭底下，去摸他的小石頭。

「壞了，小石頭怎麼沒有了呢？」再摸一摸，「是沒有了，的確沒有了！」

他急了，連褲子也不結了。他翻開枕頭來找，翻開被窩來找；把墊單、枕頭套子、衣服，通通翻開來找；小石頭沒有了，連最小的一塊也沒有了！

王貴德的頭昏了。他的氣直喘，頭上冒著大汗。他的眼睛發黑，看見眼睛面前有許多跳呀跳的小金點子。他的氣堵在嗓門口，心快要從嘴裡跳出來。他幾乎要哭了！

他沒有哭。他是一個小孩子，小孩子是要睡覺的，他的眼睛又澀又漲，身體站不起來，就撲通一下倒在草簟上，一下子又呼呼地睡著了。

第二天早上起來，他的腦子很清醒。他以為昨天晚上是在做夢呢，再把手伸到枕頭底下去摸一摸，摸了以後，知道昨天晚上不是做夢，是真的。並且，在他起身的時候，發現枕頭邊有一個亮晶晶的東西；抓起來看一看，他認得，這是張昆的，是他掛在衣服扣子上的那個玻璃珠的小人。他明白了，張昆要替他的硯臺報仇，把他的石頭拿走了！

在下樓洗臉的時候，他碰見張昆，他望望他的胸口，玻璃珠小人沒有了。他就望他擠了一下眼睛。洗完臉的時候，又假裝不當心，把水管裡面的水濺一點在張昆的臉上。張昆也望他皺一皺鼻子和眼睛，兩個人從此以後不說話了。

但是王貴德做事是很堅決的，一件事沒有做完，他是要堅持到底的。他的仇人沒有打，他就要堅決去打，他沒有石頭，他就要繼續去撿石頭。

他又去撿石頭了。他又到各方面去撿石頭；到操場裡去撿石頭，到牆根下面去撿石頭，到小後院子裡去撿石頭，撿來之後，藏起來。

因為上一次吃了虧，這次就要小心。他把他撿來的石頭藏在頂祕密，頂祕密的地方。這地方祕密得誰也不知道，不但張昆不知道，就連我們也不知道，因為他是在吃了晚飯之後，房間裡沒有開燈的時候，偷偷地去藏的。

過了幾天，他的石頭藏好了。這是星期六的一天。

這天，他的心裡一直都不太平；不跟別人去玩，也不打秋千，時時刻刻注意著張昆的行動。張昆上樓，他也跟上樓，張昆不下來，他也不下來。每下一堂課的時候，他總摸上樓去看一看。把手伸到那個祕密的地方，摸一摸，檢查一下他的石頭；看看他的石頭是不是還在。這天上午他摸了三遍石頭，午飯以後，午睡以前，又摸了第四遍。

石頭好好的，沒有不見，沒有缺少，他高興了！今天夜裡他要打人，他的仇要報成功了！

五

事情的變化是很多的，王貴德想到的事那麼多，可是他想不到的事也有那麼多。有許多許多事情都是他想不到的；不但他想不到，就連我們也想不到。他打了林昭沒有呢？沒有打。為什麼又沒有打呢？現在告訴你們。

前面我們不是說過，林昭好跟人吵架嗎？他又跟人吵過架了。為了擦黑板的事情，他跟一個缺牙齒的孩子吵起來了。不但吵，而且還打過架。最後，缺牙齒的孩子罵林昭：「小日本帝國主義。」這件事情鬧得很大，最後告到湯老師那裡去了。

星期六下午，學校裡都開檢討會。今天這個檢討會比平常特別緊張；不但湯老師來，校長也來了，剛從醫院裡出來的吳老師也來了。這個學校裡的主要負責人都來了。

檢討會一開始，湯老師就跟缺牙齒的孩子說：

「今天叫你頭一個發言，因為你犯的錯誤比別人大，你把你犯的錯誤好好地講出來！」

缺牙齒的孩子就站起來，走到臺上去，說：

「我和林昭一起擦黑板，我們一人擦一半。我的黑板擦完了，林昭的黑板也擦完了。可是林昭說我擦得不乾淨。我實在是擦得很乾淨的，我連一點點粉都擦掉，連黑板縫縫裡都擦乾淨了。可是他還說我擦得不乾淨……唔，他說我擦得不乾淨，我也說他擦得不乾淨……他就在我的黑板上畫圈圈，我也在他黑板上畫圈，……」

今天的檢討會也和平時一樣，臺上的人一面說話，王貴德一面在用思想。他想小金桂，想蛋糕，想高大的亮房子，小花枕頭，海邊，和所有他夢見的東西。最後他想到張昆，小石頭，今天晚上他要打人。想到打人，他就扭過頭去，偷偷看看林昭，心裡碰通碰通地跳幾跳。因此，缺牙齒的孩子在臺上說些什麼東西，他並沒有聽清楚，——因為他只用耳朵在聽他說話，而用腦子在想別的——只聽見「擦黑板」「畫圈圈」。直到湯老師說話的時候，他才注意去聽。

因為缺牙齒的孩子說話太多，而且老說不到本題，所以湯老師沒有等他說完，自己就接下去，說：

「好了！好了！夠了！不要老是擦黑板，畫圈圈了！這不是緊要的！我們要你說的是，你有沒有罵他？」
缺牙齒的孩子就說：
「我沒有罵他，我只說，他是小日本帝國主義！」
湯老師就說：
「這還不是罵他嗎？」
缺牙齒的孩子說：
「這不是罵他；大家都叫他小日本帝國主義，我也叫他小日本帝國主義。這不是罵他，他是日本人，是小日本帝國主義！」
王貴德聽了這一套，心裡覺得很舒服。但是似乎對他沒有什麼大關係，所以只聽了幾句，一下子又想到別的去了。
這時候湯老師就說：
「大家有沒有意見發表，你們覺得這種說法對不對？應不應該？」
下面沒有人說話。於是湯老師又說：
「大家都沒有意見嗎？我覺得這話是不對的，現在請我們的校長給你們解釋！校長的話要注意聽啊！」

校長是一個瘦瘦的，戴著近視眼鏡的，嘴上長了小鬍子的，很和藹的中年人，他的個子不高，當然也不大，但是當他從旁邊站起來，端正而莊嚴地立在臺上的時候，大家都覺得，他是一個很高大的人。因為他很高大，他說起話來別人就都愛聽。本來在胡思亂想的王貴德，也把自己想的東西丟開，來專心專意去聽這位校長說話。

校長很會說話，說的話很多，我在這裡記不住。只記得他說：

「比方，舉一個例子：你們很多都是在街上要過飯的，不是嗎？」校長說。

校長說到這裡，下面就有一個孩子大嚷：

「是的，我要過飯的。我還當過小偷呢！」

校長又接著說：

「你們從前要飯的時候，在那個時候，在蘇軍沒有來的時候，你們挨過中國員警的打呢，是不是？」

下面又有一個孩子嚷著：

「我挨了多少次呢！有一次一個員警打我的頭，有一次打我的腿，又有一次……」

「你們現在不要說，等校長說完你們再說！」湯老師叫起來。她微微地笑著。

校長又說：

「你們在家裡的時候，給日本人當保甲的中國人也來欺負你們，找你們要錢，打過你們，是不是？」

下面又一個孩子說：

「保甲沒有打過我，他吊過我的父親。那次那個胖子保甲喝醉了酒……」

「不要說！」湯老師又嚷起來。

校長說：

「是的，中國人也欺負過你們的！那為什麼呢？因為這些中國人，他們沒有腦筋，他們被反動的賣國政府，被日本帝國主義利用，叫他們來壓迫中國人的。但是中國的老百姓，窮苦的中國人，不是對你們都好嗎？」

「毛主席說過的，天下窮人是一家！」又一個孩子尖聲尖氣地嚷起來。

湯老師又皺一皺眉，微微地笑著，大聲地嚷起來：

「告訴過你們了，用心聽校長說話，不要忙著發表，小孩子怎麼不聽話呢！」

校長又說：

「中國人不是全好，也不是全壞的。幫助敵人壓迫窮人的中國人是壞的，反抗敵人的中國人都是好的！所以日本人也不是全好和全壞的，幫助帝國主義的是壞的，反抗帝國主義的是好的。日本老百姓是好的，日本老百姓不是帝國主義！他們也受帝國主義的壓迫，他們也是反對帝國主義的！」

校長講到這裡，下面有好幾個孩子同時嚷起來：

「林昭的父親是當兵的！給日本帝國主義當兵，就是幫助日本帝國主義，就是壓迫中國人的！」

「湯老師說過，叫我們等一會再說的，怎麼不聽話的呢！」小組長嚷起來。

校長又接下去：

「告訴你們，給老百姓當兵是自願的；給帝國主義當兵是被帝國主義騙去的，被帝國主義壓迫去的！帝國主義的兵是他們從老百姓當中拉去的！」

「對了，我的父親也讓日本帝國主義拉去挑過勞工呢！我還……」又一個小傢伙在嚷。

湯老師沒有說話，只向他鼓了一下眼睛，那個小傢伙立刻伸伸舌頭，不敢再響了。

校長又說：

「因此被帝國主義逼去打仗的兵士，也是要反抗帝國主義的。所以，窮苦的兵士的兒子，你們應該跟他們做朋友。努力學習、努力生產、支援前線，才是真正打帝國主義，才能報仇！」

「日本人，他總是日本人！」一個尖聲的孩子在嚷。

「不是中國人，外國人！」校長說完之後，下面就嘰哩喳啦地吵起來。

會場上吵鬧了好一陣子。

在大家吵鬧的時候，王貴德一聲不響，靜靜地在想他自己的東西。他想，叫他去和一個日本孩子做朋友，那是辦不到的！去和林昭那樣的日本孩子做朋友，和一個像那個日本小學生一樣的，林昭那樣的日本孩子做朋友，那是辦不到的！校長沒有翻過小攤子，他沒有泥娃娃，他沒有爛手指頭，沒有被他扔過本子，所以他不懂得日本人可恨。他正想的時候，湯老師又說：

「好！我們現在請吳老師說話！」

湯老師說完，吳老師就站起來。吳老師是一位年青的，瘦長個子的女同志。

吳老師一站起來，王貴德就一面聽吳老師說話，一面腦子又在想東西。他現在偷偷地把吳老師和湯老師兩個拿來比一比；比的結果，他覺得吳老師和湯老師不一樣。湯老師說話的聲音很亮很高，吳老師說話的聲音又細又小；湯老師的眼睛又圓又大，吳老師的眼睛又細又長。湯老師的嘴是扁而寬的，說完一句話的時候，喜歡緊緊地閉一下，好像吃豆子。吳老師的嘴又圓又小，說起話來喜歡一撅一撅地，好像吃麵條。湯老師平常是不笑的，只是笑的時候才笑，吳老師老是在笑，她不笑的時候也在笑。

王貴德又感到：湯老師的眼睛好像有時候會喜歡人，有時候也會不喜歡人。她會喜歡這個人，不喜歡那個人。吳老師呢，不管什麼時候，不管對誰，她都是喜歡的。

因此，在王貴德看來，起初他是喜歡湯老師的。因為他想，湯老師呢，可能喜歡他，而不喜歡林昭。而吳老師呢，一定會喜歡他，可也一定會喜歡林昭。後來他又反過來想，湯老師可能喜歡林昭，而不喜歡他，而吳老師呢，一定會喜歡林昭，可也一定會喜歡他。那麼究竟喜歡哪一個老師上算呢？他一下子很難規定。因為一下子很難規定，他就暫且規定：兩個老師都不喜歡！

王貴德因為要想這個重要問題，所以他就沒有去聽吳老師說話。聽是聽了，只是用他的耳朵去聽，沒有用他的腦袋去聽。因此，他只聽見他的耳朵旁邊有一連串嗡嗡的聲音；至於那些聲音的意思是什麼，他一點也不明白。等到最後，吳老師說完了話，湯老師站上臺去，向大家發出問題的時候，他才專心去聽。湯老師問：

「校長和吳老師說的話大家都聽見了嗎？」

許多小孩子在下面回答：

「聽見了！」

王貴德也回答：

「聽見了！」

「你們聽懂了沒有？」

「懂了！」許多小孩子在嚷。王貴德也混在大家一起嚷：「懂了！」

「剛才吳老師說：蘇軍幫助我們打倒日本帝國主義，幫助我們解放關東。因為有蘇軍幫助，窮人不再挨打挨罵；窮人有工作，有飯吃，窮人翻了身。那麼，蘇軍是不是外國人呢？」

「蘇軍不是中國人，是外國人！蘇軍幫助我們，我們都翻了身！」
「蘇軍是不是中國老百姓的朋友？」
「蘇軍幫老百姓耕田，幫老百姓割麥子；蘇聯醫生還把自己膀子上的血抽出來，打在吳老師的膀子上，蘇軍是我們的朋友！」
「上次我在街上撿骨頭，一個大掌櫃打掉我一個牙齒。要是蘇軍不來還要在街上要飯，還要打掉牙齒呢！」缺牙齒的孩子站起來大嚷。
湯老師笑了笑，又說：
「那麼是不是外國人也可以作我們的朋友呢？」
「肯幫中國老百姓，和中國老百姓要好的外國人都是我們的好朋友！」
「我們過去受日本帝國主義壓迫，今天又受反動派和美帝國主義侵略，我們如何報仇？如何去打垮敵人呢？」
「我們努力學習，互相團結，擁護蘇軍，就可以報仇，把敵人打垮！」
檢討會開完了。
晚上，王貴德回到寢室，腦袋有些昏昏的。今天是個很熱的天氣，屋子裡悶氣沉沉；窗外的天空是烏黑的；現在不像藍緞子，倒像兒童節那天，那塊演戲用的黑帳幔。烏雲遮住了月亮，好像不讓月亮知道，在世界上有許多難辨的事情。

張昆還在別人屋子裡玩耍，沒有進來。王貴德抓一抓腦袋，悄悄地走到門口，把手伸向門邊的那張小櫃子後面，偷偷地摸了一摸，安心地笑了一笑，打了一個呵欠，躺到草簟子上去。

現在我要補充一點，我起先不是說過，王貴德頭一次撿的石頭不是都不見了麼？為什麼不見的？是誰弄掉的？他明不明白呢？他是很明白的，我們已經說過了。因此他第二次撿回來的石頭，當然是要換一個地方藏起來。而且這個地方很祕密，祕密得除開他自己之外，是不會有一個別人知道的。不但別人不知道，就是給你們講這本故事的我自己，也是不知道的。因為不知道，所以上次談到他第二次撿回石頭的時候，對於放在什麼地方我沒有提起。

可是一個人要麼不做一件事，如果做了一件事，總有一天會被人發覺的。王貴德藏的石頭也是一樣。因為他藏得祕密，我不知道，我就想過許多方法去找；找不到，我就猜；猜不到，我就時時刻刻注意：「他的小石頭到底藏到哪去了呢？」現在因為他很不安心，把手伸到門背後，而且鬼頭鬼腦地伸到櫃子後邊，這一傢伙可讓我給發現了。原來在這張小櫃子後面，在人家看不見的牆壁上，有一個釘子，釘子上掛了一個布口袋，口袋裡裝著一堆重重的小圓東西，那就是王貴德的小石頭。這個布口袋是他從前翻了小攤子，缺了指頭以後，到街上去要飯的時候，用來裝苞米餅和高粱窩窩用的。

王貴德最初是很高興的，他發現他的小石頭沒有被人動過，好好地掛在櫃子後邊，躲在布口袋裡，今晚上他是可以成功的。可是過了一會，他的腦子裡慢慢地打起仗來。他想到今天下午那個檢討會，校長和老師在會上講的幾條道理。剛開會的時候，林昭的臉上好像氣勢洶洶，後來慢慢地變了。最後他低下頭，好像在擦眼淚呢！這是怎麼一回事呢？想到這些事，他對於打林昭的那個主意，好像有些要變了！

不過，校長和老師說的話，也是很難佩服的。蘇軍好，這他倒是相信的。蘇軍來的頭一天，他就吃了雞蛋糕，而且沒有挨打。——他一心認定：那次偷蛋糕沒有挨打，是蘇軍暗地裡在保護。以前，他雖然沒有偷吃過雞蛋糕，但也偷吃過跟雞蛋糕一樣的好東西；比方像炸麻花、油散子、五香豆腐乾、鹹鴨蛋；還有炸海蠣、炸菜、炸餃子、開花脆饅頭、油炸甜糕，還有蘋果、山楂這類好東西。不過有一層，他每次吃東西的時候，總免不了要挨打挨　。要麼人家在後面追，他就在前面跑，腿也跑酸了，氣也要掉了，心裡碰通碰通亂跳。只有這次偷吃雞蛋糕，什麼壞事也沒有碰見。當然，那個掌櫃的沒有打他，他在心裡已經捉摸過了：「大概掌櫃的雞蛋糕太多，怕賣不完，要給耗子吃掉。」不過這只是他猜出來的道理，他既然能猜這條道理，自然也能猜那條道理。因此，在他後來挨錢串子的打，遇到蘇軍，蘇軍幫助他的時候，他又重新認定：偷吃雞蛋糕沒有挨揍，是蘇軍在保護。——後來，他偷錢串子的蘿蔔干子，錢串子打他，他摔壞了腿，蘇軍還來給他包。紅的藥水，白的布，配上他那烏黑的小腿，不但舒服，而且好看。蘇軍一來，錢串子就嚇走了。要不然，她把高粱杆舉得那麼高，不知道還要打多少下呢！自從蘇軍來他不挨打，這是千真萬確，他不會忘記的！

因此，叫他去和蘇軍做朋友，這是完全辦得到的；他可以跟他們要好，跟他們玩。事實上，他早就跟蘇軍玩過。他在中山廣場要飯的時候，就和蘇軍鬥過草。蘇軍還給過他一塊小餅乾去喂螞蟻。他也看見別的小孩跟蘇軍一起玩。蘇軍還坐在洋車邊上，把手搭在拉車的肩膀上面，一塊兒聊天呢！

但是叫他去跟一個日本小孩子要好，跟他做朋友，這是辦不到的！中國小孩怎麼能夠去跟日本小孩做朋友呢？他在街上就沒有見過這種事情；沒有見過一個中國小孩子去跟日本小孩玩的；就連在一起說話也沒有見過。不用說，日本憲兵是到處打人，就連日本小孩，見了中國人也瞪眼睛。……而且想到那個憲兵，那兩個日本小鬼，看看他的缺指頭……跟日本孩子做朋友，這怎麼可能呢？不做朋友，那就是仇人，是仇人就要打。朋友和仇人之間好像沒有什麼別的把戲！

但是校長和老師說的話也不是完全不對；林昭剛才好像在哭，他為什麼哭呢？他反悔嗎？悔他不應該跟人吵架嗎？他覺得校長和老師都在幫他，叫大家都對他好，他覺著不好意思嗎？

不過，這些事情都不用管，現在要拿的主意是，打林昭？還是不打林昭？打，今天夜裡就幹；不打，就把他放掉；讓他還是好好地玩、好好地睡覺、好好地吃餅子、喝稀粥、吃茄子、吃豆莢、吃肉；一句話，好好地活著！

窗外的天空漸漸地黑起來，屋子裡的空氣越來越氣悶。王貴德的腦袋昏昏沉沉的。他很想大叫一聲，出出胸中的氣悶。突然外面刮起一陣大風，窗戶上面的鐵鉤嗞咕嗞咕地直響；風鑽進窗戶，吹到桌上，桌上的小紙片飛得滿地。風又從桌子上斜吹過去，吹到躺在草簟上的王貴德身上，把他胳膊上的汗毛吹得一根一根地站起來，好像田裡面新插的秧子。

他翻來覆去地想著：打可不簡單，他要哭，要叫，身上要流血。說不定他在挨打以後，要躺在那棵小樹下邊，一動也不動，昏過去好幾個鐘點。事情是很嚴重的呢！如果校長和老師說對了，林昭就並不是他的仇人；不是他的仇人，那可不是打壞了？

他的思想也像這陣狂風一樣，在他的腦袋裡亂吹亂竄。

他想來想去，沒有主意。正在沒有主意的時候，門外有一陣走路的聲音，是走向他的屋子來的。奇怪，是誰呢？走得那樣輕，那樣慢的？這不是張昆，張昆不是這樣走道的。是誰呢？

步子慢慢地，慢慢地，走到門口，走進屋裡來了。王貴德從草簟上伸伸頭，一咕嚕爬起來，擦擦眼睛一看，進來的不是別人，正是林昭。

「啊呀，他來幹什麼的呢？他這個時候跑來幹什麼呢？」王貴德心裡慌慌張張，打起鼓來。

林昭走進屋子，低著頭，臉上好像很不好意思的樣子。他慢慢地走到王貴德跟前，從衣服下面拿出一本金面子的練習本，遞給王貴德。然後慢吞吞地說：

「我，我覺得對不起你，弄壞了你的本子。但是，你不告訴老師，不和我吵，我……我覺得對你不起。」他又低下頭，好像要哭的樣子，「老師說叫你們跟我好，我想，你們要看我不起，你們不會跟我好的……所以我，我要送你這個本子。這個本子，我父親走的時候告訴我，叫我將來送給我頂好的中國朋友的，我送給你！」林昭說完之後，把本子往草簟上一扔，站著不動。

王貴德心裡慌慌的，不知道怎麼辦才好。他想去翻翻那個本子，但是不好意思。他只用眼睛斜瞅了一下。這本子真是漂亮，面子是金的，兩頭兩邊也是金的，好像他在夢裡看見的金子一樣。他從來沒有見過這樣漂亮的本子。啊，他見過一次，還是那年在一家書店門口要飯的時候，在櫥窗裡面看見的。那時候他不知道那是什麼東西，幹什麼用的，他只當是人家擺著玩，好看的呢！

他不知道應該跟林昭說些什麼；是不是應該跟他說，他也對他不起，或是別的呢？這個本子放在他的草簟上，他應該怎麼表示呢？是不是把本子拿起來，抱在身上，算是他的？還是告訴林昭，他不要，因為他不應該要，請他收回去呢？

他眨巴眨巴眼睛，想了又想，用手指摸一下光滑的本子。他不敢抬頭去看林昭，他覺得很不好意思，只偷偷地斜著眼睛看了他一下。但是他看林昭的時候，發現林昭也在看他。

窗戶外面閃著電光，風聲響得呼呀呼的，大雨就要到來了。王貴德心裡究竟怎麼個想法，我們不知道。我們猜想，風吹得多麼緊，電閃得多麼急，王貴德的心裡也是一樣的。

王貴德和林昭兩個好半天都沒有說話，因為都不知道該說什麼。誰也不敢看誰，誰也不知道他們的對方在想些什麼。直到最後，雨點落到樹枝上，樹葉子沙沙地發響，小組長在外面叫著：「要關燈了，關燈了，快點準備！」林昭才抬起頭，向王貴德望了一下，用很細小的聲音說：

「我走了！」

說完，他就轉過臉，出去了。

林昭剛出去，張昆進來了。王貴德趕快把練習本子收好，裝作沒有事的樣子。張昆沒有看他，他也不看張昆。他躺下去，蓋上被，緊緊地抱著這個新朋友送他的練習本子，想著這幾天的故事，他感到又是慚愧，又是懺悔，他偷偷地哭了！

六

第二天一清早，暴風雨過去，好天氣來了。

王貴德一起來就看他的新本子。他翻過來看一看，翻過去看一看，又翻開來看一看。真是一個漂亮的本子。不但外面很漂亮，裡面也很漂亮：雪白的紙，印上藍色的格子，紙是光滑滑的，被太陽照著，還發出亮光。他用手去摸一摸，好像摸在光滑滑的玻璃上。上課的時候，他就把他的新本子帶到課堂上去。

進了課堂，因為要讓大家都看見他的漂亮本子，他就把它拿出來，放在他的許多書本的上面。

果然，一進課堂，王貴德的漂亮本子引起了大家的注意。他周圍的鄰居都伸過頭來，用稱讚和羨慕的眼睛來看他的本子。停了一會，一個坐在他旁邊的小孩子，偷偷地扯著王貴德的衣服，說：

「王貴德，給我看一看！」

又一會，坐在他後面的孩子伸過手來，說：

「王貴德，給我看一看！」

老師注意王貴德的桌子，張昆斜過眼睛來看他。那些坐得比較遠一些的孩子就輪流地站起來，用腳尖站在地下，脖子伸得很長，頭抬得很高，向這邊觀望。總之，因為王貴德有了新本子，整個課堂都變得鬧烘烘的，就連窗子外面蟬叫的聲音，也特別高起來了！

最後，直到老師喊起來：「不要亂不要亂啊！注意自己的工作啊！」她一連叫了三次，大家才安穩地坐下。

王貴德開始用他的新本子寫字——他那個舊本子已經剩下一頁，他撕掉了。——寫字的時候，他心裡想：「要好好地寫，要寫得乾淨，要寫得整齊，不要寫壞了。」

他拿起筆在本子上寫了一個字，黑的墨寫在雪白的紙上，他覺得怪好看的。他又寫第二個字，他又覺得好看得很。他一連寫了一串，他都覺得很好看。他從來沒有用過這樣漂亮的紙，也沒有寫過這樣漂亮的字。總之，他從來沒有把他的字寫得這麼好看的！

第二天早上，湯老師在課常上，把寫字本發還給大家。發到王貴德的時候，湯老師稱讚他，說：

「王貴德，你進步了！」

他聽見湯老師稱讚他，他很高興。他覺得他的湯老師第一次喜歡他，他也第一次喜歡他的老師。他的老師變好了，他不害怕他的老師了。

他繼續用他的新本子去寫字。每次他都很用心很用心地寫，一個字都不寫錯。在這樣一個漂亮的本子上寫字，怎麼可以寫錯呢？有一次，他寫錯了一個字，他急死了，他想：「糟了，我怎麼寫錯了呢？在這樣漂亮的本子上寫字，怎麼可以寫錯呢？」就在老師沒有看見的時候，他偷偷地用小刀子把那個寫錯的字刮掉，用粉筆灰塗好，另外寫一個上去。他一面寫，心裡一面想：「下次可不要寫錯了！」

每在寫字以前，他都把他的桌子擦得乾乾淨淨，把他的手也洗得乾乾淨淨的，害怕把他的本子弄髒了。對於這樣一個漂亮的本子，怎麼可以弄髒呢？有一次，他的手沒有洗乾淨，剛一打開本子，一張雪白的紙上印上了四個烏黑的指印子。他又急壞了。心裡想：「糟了，這麼漂亮的本子怎麼可以弄髒呢？」他就在老師不看見的時候，用橡皮把那些黑指印子擦掉，再用白粉筆灰塗一塗。他一面塗，心裡又一面想：「下次可不能再弄髒了！」

王貴德用心寫字，也用心愛護他的本子。他的字寫得很多，很整齊，他的本子保護得很乾淨。在這個星期末尾，檢查習字成績的時候，他不但比他自己以往都寫得好，寫得乾淨，而且比全班人都寫得好，寫得乾淨。

他得到獎勵了；湯老師說：

「王貴德是個好孩子，他進步得多快啊！」

小組長說：

「王貴德真好，他進步得頂快了！」

王貴德覺得這個學校變了；人變了，空氣變了，大家對他的樣子變了，老師和小組長的模樣也變了。老師的眼睛總在笑，小組長的臉也不板了，酒窩窩長在她的小嘴巴上也相稱了。（他總在想：小組長臉上的小酒窩應該長在小金桂臉上，而小金桂嘴角上面的小黑痣應該長在小組長的臉上。）同學都跟他好，喜歡找他玩，沒有人向他做鬼臉，也沒有人老在老師跟前反映，說他不好了！

我們以前說過，王貴德的主意是很不容易動搖的，他打了什麼主意，他就要堅決幹到底。除開他已經明白了解，他這個主意幹不通，或者根本沒有意思，他才放棄不幹；要不然，他是不肯放棄他的主意的。

我們以前說過，他有過兩個念頭：一個是打林昭報仇，另一個是逃走。第一個念頭他放棄了，因為他已經明白，他不應該打。可是第二個念頭呢？因為他近來對於功課比從前感到興趣，對他的老師、小組長，還有其他的同學也比從前喜歡，因此他就分了一些工夫來想到他的功課，也分了一些工夫去跟大家玩；想到小金桂，想到逃走的時候就比較少；但是他並沒有取消這個念頭；在他空的時候，他還是繼續在想，而且在找機會的。

有一天，一個很熱的夏天早晨，湯老師在課堂上宣布一個消息：說果園裡的蘋果長大了，上面要叫我們小孩們糊紙套子，糊好套子到果園去包蘋果。老師又說，這次工作要分兩次競賽：第一次競賽是，看誰的套子糊得多，糊得多的就派去果園。在果園裡，一面工作，一面歇暑。糊得少的就留在學校裡看家。第二次競賽是，看誰的蘋果包得好，包得多。兩次成績加在一起評功，選舉勞動模範。

這個消息剛宣布，課堂上就哄哄哄地鬧起來。有的人說，要爭取到蘋果園去，有的人說，要爭取光榮的模範。而幾個懶惰的小傢伙就說：

「我們什麼也不想，我們就在家裡看家！」

王貴德一聲不響，他的心可是跳得碰呀碰的。他早知道蘋果園裡的東西多，而且容易逃出去。他打好主意，他一定要糊很多蘋果套子，要到果園去；他不能再放棄這個機會，如果失掉了這個機會，他就再不會有機會。如果再不去找小金桂，他就永遠找不到小金桂；永遠不會有小繡花枕頭，永遠不會撿珠子，撿金子，永不會住到那所他所想的洋樓裡去了！

開始糊蘋果套子。他們分成很多工作組，每組五個人。一組的任務是每天糊五千個套子。超過五千個的記功，不到五千的算落後。

王貴德這一組人裡有張昆，三個很小的女孩子，加上王貴德自己。

一上來，王貴德就決心要糊很多套子。因為第一，他自己要爭取到果園。其次，張昆昨天夜裡說夢話，說他要到煙臺，要躲在島上去當海盜。因此，張昆這次一定要多糊套子，要去果園，要逃走的。王貴德想不讓張昆去果園，自己就要把紙套子糊得很快，叫張昆糊不上數去。

他一面糊套子，一面想，越想就越糊得快。

王貴德糊幾個套子，回過頭去，看看牆上的掛表。又糊幾個套子，又掉過頭去，看看掛在牆上的大表。

有一次，他正掉過頭去，看那個掛在牆上的大表的時候，發現張昆也在看那個大表。

「真的，他媽媽的！」王貴德一面想，手指頭就動得更快。

糊完套子，計算結果，數目超過了：平均每天是五千六百二十個。三個小姑娘一共每天糊兩千四百個，王貴德糊一千七百多個！剩下全是張昆糊的。

王貴德看見張昆糊得這麼多，就望望他，眼睛鼻子亂擠了一下。張昆也望一望王貴德，也照樣擠一下眼睛。兩個人都不說話，但是大家心事好像大家都明白。

所有的套子都糊完了，大家評定了結果。結果是王貴德那一組糊得最多，在王貴德那一組當中，王貴德是第一名。派到果園的人數中，王貴德當選了，並且被選為臨時工作組的小組長。

工作組要出發了。出發的頭一天，學校裡又請陳大嬸來給他們整理衣服。一個小孩子說：

「陳大嬸，我的扣子掉了。」

陳大嬸就把扣子給他縫上去。

又一個小孩子說：

「陳大嬸我的衣服上有個小窟窿。」

陳大嬸就給他把小窟窿補起來。

又一個說：

「陳大嬸，我的褲子拉破了。」

陳大嬸就給他把拉破的褲子縫一縫。

陳大嬸一面給他們幹活，又一面講故事。王貴德愛看陳大嬸幹活，愛聽她講故事，一面聽，他又一面想。

「錢串子變成她這樣多好呢，金桂媽也變成她這樣多好呢！不過那是不會的，她們是不會學好的，那是天生的壞蛋呢！」

當天晚上，學校裡開了一個歡送會。散會以後，湯老師把王貴德叫去，告訴他說：

「王貴德，你近來很好，知道嗎？」她說，「好孩子是要得獎勵的，知道嗎？」她說，「你的蘋果套子糊得最多，學校裡已經給你記了頭一名。作了臨時鑒定。如果你在果園也工作得一樣好，你就要得勞動模範了，知道嗎？」

聽了湯老師的話，王貴德很高興。他又覺得湯老師很好，他很喜歡湯老師。

王貴德一高興，心裡就慌呀慌的。這天夜裡，他在草簟上躺了好半天，老是睡不著覺；好像時時刻刻從草簟上飄起來，他的手飄起來，他的腿飄起來；他的腦袋飄起來，他的整個身體飄起來。他好像一匹樹葉子一樣，在風中飄起來，像一隻船一樣，在水面上飄起來，像一團團的雪花一樣，在空中飄起來。

為什麼呢？他不知道。他有很多事情要做，有很多事情要想。他的頭昏昏的，他的心裡好像有兩個人在打架。

他又想逃出去，又想待在學校裡。在學校裡可以打秋千、賽跑、打球、看戲、寫漂亮本子、聽陳大嬸講故事、受人稱讚。常常聽見，「王貴德進步了！」「王貴德是好孩子！」「王貴德工作得頂好！」「王貴德要得獎了！」這些好聽的，聽了很舒服的話。這些東西都是他在街上沒有聽到的。

逃出去呢，自然也有很多好處：有小金桂，撿珠子，撿金子，睡繡花枕頭，吃蛋糕，住亮房子。

一想到小金桂，他就看見她的小圓臉、小紅嘴巴、小圓眼睛、小手、飄呀飄的細頭髮……

想來想去，主意不定。學校跟外面兩下都有好處，兩下都有壞處。想到最後，小金桂向他招手。他就在心裡跟自己說：

「蘑菇什麼呢？不是說好了逃走的？不逃走，糊這麼多套子幹什麼呢？」

想完以後，打定主意。他又把小金桂閉到眼珠裡去。

這天夜裡，他又做了一個夢，夢見他逃出去了！

第三部

一

第二天天剛亮。天氣就顯得明明朗朗。

清早上，涼風幽幽的，露水在青草上發光，好像王貴德在夢裡邊看見的珠子。太陽還沒有上升，但是它從人還看不見的地方反映到天空，天空中有一道紅雲，好像野地裡的玫瑰。

小鳥從這個樹枝飛到那個樹枝，張開紅色的小嘴，用細小的嗓門唱著歌，好像在慶祝這個美麗的世界！

勸業工廠的小孩子跟著湯老師，坐著大汽車，帶著他們自己糊好的蘋果套，經過潮濕的大道，經過有珍珠一樣的露水的青草，經過有飛來飛去的小鳥的樹枝，來到山坡上；來到一個大莊屋面前；到了蘋果園。

到了長滿了蘋果樹，樹上結得滿滿的蘋果的蘋果園；到了王貴德喜歡的，他希望來到的蘋果園了！

王貴德一跳下車子，立刻奔到莊屋四周去參觀，看有什麼好偷的。他到裡屋去看，到外屋去看。又到大廣場去看。他看見許多好東西：有香菜、紅辣椒、有大筐的毛豆。有斧頭和犁鋤，還有一大群小雞。小雞吱吱喳喳的，跟著一隻母雞，很像他和許多小孩子跟著湯老師一樣。有許多有用的東西，有許多許多人人見了都喜歡的東西，有許多值錢的東西！他一面看，心裡一面想：「這倒不壞呢！」

王貴德在屋裡看了一遍，屋外看了一遍，他什麼都看見了，大凡莊屋裡的東西他都看見了。他又呼溜溜地奔到果園裡去。在果園裡，樹上結滿了蘋果，結滿了像星星一樣的，吃到嘴裡又甜又香的蘋果。他的牙齒好像在動，唾沫從口角上流下來。他向四面望了一望，然後爬到一棵樹上，揪下一個蘋果，很快地吃下去，又揪下一個蘋果，又很快地吃下去，蘋果雖然沒有長熟，吃到嘴裡有點酸，但是味道很好。他一連吃了四個蘋果，最後又揪了兩個，裝到衣袋裡。

大屋裡在搖著鈴子，報告大家要吃午飯了。

王貴德正要爬下樹去，突然看見前面有一棵樹枝在搖搖晃晃，「這是怎麼回事呢？」他想。樹枝又搖了一下，旁邊一隻小鳥嗚地飛過去了。王貴德揉了下眼睛，再一看，樹枝上爬下一個小孩子，鬼頭鬼腦，分明是在偷蘋果呢！「這是誰呢？」他想，「我幸好沒有下去，要不然被他看見了呢！」

這時候，那個小孩子抬起頭，向四面望望，鬼頭鬼腦的。王貴德又揉揉眼睛，又一看，原來不是別人，是張昆。

「他有鬼念頭呢！」王貴德想。他悄悄地躲在樹上，看著張昆。張昆一面吃蘋果，一面鬼頭鬼腦地繞著小道，走向大屋去。等到張昆走出樹林，他才慢慢爬下樹來，順著張昆走的那條小道走回去。王貴德輕輕地走著，他怕驚動了小草，怕驚動了蟲子，怕驚動了樹葉子和樹枝，怕驚動了樹枝上的鳴蟬和小鳥：怕驚動了一切的東西。

他一面走，一面把藏在腦子裡的東西搬出來，一樣樣地擺在眼面前，然後又細細地思想。

「東西多得很呢，偷哪些好呢？」

他細細地想。想來想去想出來了：「蘋果是人人愛吃的，辣椒和毛豆也是人人愛吃的。」結果他決定，偷蘋果辣椒和毛豆。他又想：「什麼時候偷才好呢？」想來想去他又想出來了：「偷東西還是晚上好。晚上，大家都睡了，聽不見也看不見了。偷好以後藏好，第二天清早就下山，員警不會問的。」想好了他就做決定：今天夜裡偷好東西，明天大清早逃走。想過之後，他的心輕輕地跳了兩下子，偷偷地笑了一笑，又把他想的東西，藏進小腦袋裡去。

這天晚上，大家在莊屋前面的廣場上吃了晚飯。因為大家要到樹上去工作，要給自己的果樹園做辛苦的工作，學校裡加添了菜金，晚飯時候吃的是白麵饅頭，豆莢煮肉，番茄蛋湯，鹹菜炒毛豆。

晚飯後，在明朗朗的月光下面，大家唱了歌，扭了秧歌舞，做了捉迷藏和許多快活的遊戲。最後湯老師說：

「明天早上要上樹，早上要早點起，晚上要早點睡。現在好睡了！」

湯老師說完，大家就去睡覺了。

房裡的燈都滅了，月光顯得更加明朗。明朗的月光從視窗上爬進來，偷偷地照著房裡，好像一個探照燈。

王貴德今天睡的是一間大屋，在一排三間屋的中間。屋裡一共有七個人，七個人中間有一個是張昆。

這個房間和學校裡不一樣：學校裡是地板，睡的是草簟。這裡是磚地，睡的是木板床。

王貴德從來沒有睡過木板床，他一睡上去，床就格啦格啦地響。他心裡就說：「他媽媽的！這個床怎麼老響呢！」他一面想，一面伸出頭去看看大家。大家都在睡覺，只有張昆像他一樣，把頭伸來伸去的。他看見張昆把頭伸來伸去，心裡又想：「他大概不懷好意呢！怎麼鬼頭鬼腦的呢？」

四面都是靜悄悄的，什麼聲音都聽不見；只聽見蘋果園裡在颳風，山坡下面有幾聲狗叫。

大家都睡著了。

大家都睡著了，只有王貴德睡不著。王貴德睡在床上，他的心卻想得老遠老遠的。

月亮像個探照燈，把房裡照得明明亮亮！

王貴德又把頭伸出來，向屋裡四面看一看：四面的人都睡著了。他又把頭偏過來，向四面聽一聽：四面的人都睡著了。他又坐起來，聽一聽裡屋：裡屋的人睡著了。又聽一聽外屋：外屋的人也睡著了。他又看看張昆，張昆一點也不動，他就一翻身爬起來。爬起來的時候木板床又格啦格啦地響，他心裡又偷偷地罵了一句：「他媽媽的！」然後又側過耳朵聽一聽，四面都沒有聲音，他就趕快塞塞褲子，呼溜溜地跑出去！

月亮像一面大圓鏡子，明朗朗地照著廣場。吃飯的桌子，板凳，犁鋤，辣椒，豆子，香菜，每樣東西都顯得清清楚楚，像在白天裡一樣。廣場旁邊還有一籠小雞，小雞沒有睡覺，還在吱呀吱地說話呢。

「怎麼拿呢？」他想，「用什麼東西裝才好呢？」

王貴德剛想到這裡，他的眼睛向四面望了一下，突然想出辦法了。在廣場的東面，在一株大樹的樹枝上，晾了幾件衣服，有汗衫、褲子，還有一雙襪子。他呼呼地跑過去，拉下一隻襪子，裝得滿滿的辣椒。又拉下一隻襪子，裝得滿滿的毛豆。又拉下一條褲子，把兩隻褲管綁上兩個疙瘩，呼呼地跑到果園去。他很快地跑去，很快地跑回來。他的蘋果裝好了，裝在褲子裡，裝在像個大口袋一樣的褲子裡。他站在廣場上，把辣椒、豆子和蘋果抓在一起，提起來顛一顛，「不少呢？」他想著，偷偷地笑了一笑。

月光還是明朗朗的。他又向四面望一望，沒有人，也沒有聲音；他就把裝好的東西用繩子綁好，藏在桌子旁邊的柴火堆後邊，安心地回去了。

躺在床上，他覺得心裡很舒服；他的打算要成功了！明天早上他就要走了！

於是他的腦子裡又放了一幕電影：珠子和金子，小金桂，繡花枕頭，蛋糕，通亮的大房子，還有許多模裡模糊的東西……，然後把這些東西關到他的眼珠裡。

要知道，世界是很大的，因為世界很大，就有許多我們不知道的事情。我們不但不知道，就是連想也想不到的。我們想不到的事是很多的；既然我們想不到，當然王貴德也想不到；因為他的腦子跟我們的腦子是差不多，並不高深的。

你們知道，王貴德逃走沒有？

他沒有逃走。為什麼沒有逃走呢？現在告訴你們。

他把東西放好之後，怎麼樣呢？當然去睡覺了。他睡著了沒有呢？我們不知道。我們只知道，第二天一清早，蘋果園裡發生了一件新奇的事情。

事情是這麼樣的：第二天一清早，頂早頂早，早得天上還看見星星的時候，王貴德就爬起來了。他按照他的計畫，準備往外走，突然聽見一陣汪汪的狗叫。

接著小組長就在外面喊起來：

「不好了，有人逃走了！有人逃走了！東西不見了！」

小組長喊過之後，好幾個小孩子接著在嚷：

「小雞沒有了，二十六隻小雞都沒有了！」

叫喊的人越來越多，聲音越來越大：

「衣服也沒有了，炊事員同志的衣服沒有了！」

「還有蘋果跟辣椒沒有帶走，還有毛豆呢！藏在柴火後邊的！」

「他忘記帶走了！」

「不是的，我猜是東西太多了，他拿不動了！」

因為大家吵得厲害，湯老師就叫起來：

「不要吵！不要吵，點一下名，看誰不見了！」

湯老師剛叫完，小組長就搖著鈴子，叫著：

「排起隊來，趕快排起隊來啊！」

於是大家都站在大廣場上，排成一條長長的隊伍。

天上的星星已經沒有了；太陽從東邊升起來，把人和整個世界照得清清楚楚。把人的心照得明明白白！

大家報了數，也點了名。點名的結果，少了一名張昆。

這時候，大家紛紛發表意見：有人說，要下山去找張昆。有人說，找回張昆還不夠，要把他準備偷走的蘋果毛豆和辣椒都收起來，等他回來作檢討。

王貴德愣住了！他從排隊點名起，一直都是昏頭昏腦的。他不知道他是醒了呢？還是在做夢？他不知道他該怎麼樣動作才好。他不知道他應該怎麼站，應該怎麼坐，他的手應該怎麼擺。他應該哭還是笑，應該說話還是一聲不響。

他不知道他是不是有些地方很特別，和別人不一樣。別人是不是會把他看得跟別人不一樣，是不是大家談論張昆的時候會想到他；是不是大家在偷偷地看他，議論他，說張昆逃走與他有什麼關係。

事實上，張昆逃走和王貴德是沒有一點關係的。當然沒有關係。不過有一種古怪的東西把他們連在一起：張昆為什麼不早一點逃走，也不晚一點逃走，恰好要在王貴德準備了東西，王貴德要逃走的時候他也逃走呢？他恨死張昆了，他覺得他和他搗了一個大亂！

我們知道，王貴德早就恨張昆的；為了硯臺，張昆跟他吵，罵他，扔掉他的石頭。他恨張昆恨極了。因此，聽說大家要去找張昆，他希望立刻把他找回來，找回來之後，鬥爭他，處罰他，好好地給他自己出氣！

但是他又反過來想：如果張昆不回來，他偷東西永遠不會被人知道，大家都相信，那些東西是張昆偷的。如果張昆回來，張昆一定不肯承認；張昆不承認，他幹的事情就會被人弄穿。被人弄穿，對他自己是沒有好處的。想到這裡，他又希望張昆不回來。

大連那麼大，張昆走得那麼遠，果樹園裡的人又不容易下山，張昆一走，是不容易找回來的。大家出去找了兩天，沒有找到張昆。打電話叫學校裡的人去找，學校裡也沒有找到張昆。

張昆沒有回來，王貴德安了心！他不但不想到張昆，就連他自己的事也不去想。他不是真的不去想，而是不敢去想，他闖出來的禍太大了！既然不敢想，他只好把他的念頭，把他的主意扔得遠遠的，在他腦子裡藏得深深的。

王貴德既然不胡思亂想，他只好去專心工作。怕別人發現他的祕密，發現他曾經打過的主意，他只好裝作一點事也沒有，一心一意地去包蘋果。

突擊競賽開始了。校長叫人送了信，說是立了功的有獎品。立功的條件是：要在十天之內完成任務，把蘋果完全包好。不但要包得快，而且要結實。

王貴德沒有想到他要立功。只是因為他是工作組組長，他不能不帶頭去幹。因為怕人發現他的祕密故事，他要裝個好小孩，只好積極地去幹。這麼一來，從早到晚，他一點也不懶惰，一點也不怠工，他很積極地，很認真地幹起來了！他不但幹得積極，而且幹得高興；一高興，他就覺得包蘋果是很有意思是很有趣味的事！

王貴德對包蘋果發生了興趣，他喜歡他的工作了。

每天一清早，他就跑進果園。進了果園，就爬上樹去包蘋果。直到太陽落山，陽光爬出樹林子，樹林裡起了嘶嘶的涼風他才回來。他雖然很忙，很辛苦，但是很高興。

幹了幾天，他覺得他很愛這個果園，果園好像就是他的家，一出園子他就想念。他愛這些蘋果，蘋果像是他的財寶。他怕包不好，怕紙套子給風吹掉，怕蘋果給蟲子咬。

他很喜歡跟他一起工作的小孩子；他想，他們都是他的好朋友。他愛看他們那種工作時候的忙樣子；他覺得他們的樣子很英勇，動作起來很好看——想到這裡，他又偷偷地想起他的小金桂。很奇怪，從前想到小金桂，他就只想到她漂亮，可愛。現在想到小金桂，他就想到她懶。他覺著沒有比懶惰的樣子更難看，更叫人討厭，叫人看不起了——他愛看他們流汗，看他們的汗珠子從臉上流到胸脯，從胸脯又滴到地上。因為他知道：他們的汗珠子滴到地上，地上才會長蘋果樹，樹上才會結蘋果。

他愛聽他們合在一起唱歌；因為合在一起唱歌，他們才會發出更大的氣力，才能把蘋果包得更多，包得更好。他愛看他們那種積極的競賽；因為他們積極競賽，才能把蘋果快點包好，不讓風吹壞，不讓蟲子咬壞。他愛看他們在工作時候所有的樣子；看見了他們，就像看見了自己。他們有多麼好看，他自己也有多麼好看。

總之，他很愛他的工作，很愛他的工作了！

不但他自己愛工作，大家都說他工作好，叫他好模範，叫他好組長！

故事說到這裡，一定有人要問，王貴德從此以後就安心安意做一個好學生，他安心學習，安心工作，不胡思亂想，不再想逃走了嗎？

不是的，他並非安心安意，不想逃走。有的時候他還是轉著這個念頭。我們從前不是說過，王貴德的主意總是很堅定的，他打了一個主意，他就要堅持到底。除開他絕辦不到，或者就是，有一件另外的事向他說明，而且提出充分的證據，說：「那件事不好幹，那是要不得的！」除非如此，他的主意是不變的。

王貴德想逃走，他有兩個原因。第一個原因：他總覺得外面好，外面有小金桂，有他喜歡的東西，有他想辦的事情。其次：他不喜歡學校；他不愛念書，不愛工作，不喜歡老師，不喜歡小組長。因此他總想逃出去。

現在他變了，他喜歡他的老師，喜歡小組長。喜歡念書，也喜歡幹工作。

但是他雖然喜歡裡面，可並不是完全不喜歡外面。因為外面是外面，不是東西，不能拿來跟學校比，究竟哪個好哪個壞。有時候他也能夠比，那不過是從他腦子裡面挖出來的，不是具體的，不是準確的外面。既然不是準確的，自然也不能比得準確。因此在把外面和學校裡面相比的時候，總結是：有時候是外面好，有時候是裡面好。在他比出裡面好的時候，他不想逃出去。比出外面好的時候，想逃出去。

不過，他近來工作很忙，白天沒有工夫去想。因為工作很忙，晚上一躺上床去就呼呼地睡覺，又沒有工夫去想。只是在他吃晚飯以前，或是吃完晚飯以後，一個人躺在草地上，望著星星和大樹休息的時候，會把這些事情從腦子裡搬出來。

有一天，蘋果快包完了，老師告訴大家：明天休息一天，準備最後的突擊。休息的這天，大家可以自由活動：可以跟各個工作小組的組長一起，去看電影，或是去逛海邊；或是就在果園裡做捉迷藏和扭秧歌的遊戲。不願意參加娛樂的，可以睡覺休息。
於是，有的小孩子就告訴湯老師：
「我去看電影，湯老師。」
有的就說：
「我去海邊，湯老師。」
王貴德好幾天不想他的故事了，他的心也不打鼓了。現在聽說要去海邊，他的心又碰碰地跳起來。頭天晚上他就準備好，要參加到海邊的那一組去。在睡覺以前，他想了很多，睡著以後，他做了好些夢。夢見他自己飛起來，飛到一個小島上，在小島上，他看見小金桂。他們一起玩，一起扭秧歌，他還教她唱〈東方紅〉和〈沒有共產黨就沒有新中國〉。後來他們還住進一所有電燈和紗窗——在進到學校以前，他從來沒有想過紗窗，因為他沒有看見過——的洋樓裡，吃了點心；還有許多他醒來以後記不清楚的事情。最後他又爬到一塊岩石上。這時空中忽然刮起一陣大風，他從岩石上摔下來，他的腿摔痛了！
醒來以後，他的腿還是疼，他忽然想起：昨天下午進樹林的時，他跑得太快，一下子摔在碎石頭上，他的膝蓋摔破。他摸一摸他的腿，腿上還包著紗布呢！

第二天起來，他的腿還沒有好，走起路來還一拐一拐的。一拐一拐的怎麼能夠到海邊去呢？湯老師就說：「王貴德，你待在家裡歇歇吧！」他就只好待在家裡了。

一早，大家紛紛出發了。一組一組，一隊一隊，好像一輛小火車，開到海邊去。王貴德站在大廣場上，看著彎彎曲曲的隊伍，他們下坡，他們繞過田，他們繞過樹，他們繞過莊屋，走向他看不見的地方。

他心裡悶沉沉的，簡直是傷心得很！

大廣場上靜悄悄的，一個小孩子都沒有；只有幾個看果園的老頭，有的在洗衣服，有的在晒著通紅的辣椒。王貴德覺得他的心也像紅辣椒一樣，辣呼呼的。

他想進屋裡去睡覺，又不甘心；待在外面，又沒有人跟他玩。不知怎麼才好！突然在一棵大樹底下發現一塊石頭，這塊石頭又平又光，又冰又涼，他就坐在石頭上，手裡拿一根樹枝，一面用樹枝在地下亂畫，一面心裡胡思亂想：他想到昨天晚上做的夢，想到他這好幾天都沒想過的東西。想到蘋果包完了，就要回學校去了。一想到回學校，那個逃走的念頭又上來了！

這個念頭一來，他就想主意。心裡一面想主意，手裡就一面畫娃娃。

他畫的是一個圓臉，鼓眼睛，大肚子的胖娃娃。他畫一個娃娃，畫壞了，用腳塗掉。又畫一個，又不像，又用腳塗掉。第三個有些像了，他畫好了頭，畫好了身體，還沒有梳辮子呢，樹枝「嘣」地一下給斷了。他回過頭去，想再找一根樹枝，剛回過頭，發現林昭蹲在一堆劈柴後邊。王貴德就想：「他在那裡幹什麼呢？」想完之後，他就走過去，站在林昭後面，彎著腰，把兩隻手撐在膝蓋上，伸出脖子看看他。原來他又抓了幾隻蟋蟀，在看蟋蟀打架呢。

他很想跟林昭說話；而且他立刻想了一些很有意思的話，比方像：莊屋前面的大樹上長小毛蟲，小毛蟲會掉在人的脖子上；他就想問他：「你怕不怕小毛蟲？」還問他，他的脖子上掉過沒有？還有，莊屋後面有個豬圈，豬圈裡有一個大母豬，大母豬昨天下了一窩小豬，他想問他知不知道。幾個小豬同時吃奶，他想問他要不要去看。還要問他見過沒有見過小豬吃奶。還有其他像這一類很有意思的話。他的話很多，但是不好意思說。

自從那個下大雨的晚上，林昭送了一個漂亮的本子給他以後，他還沒有正式跟他說過話呢！他每次想找他說話，告訴他，他如何愛那個新本子，如何感謝他，但是始終沒有找到機會。既然這麼多天都沒有跟他說話，現在又怎麼好跟他說話呢？他想，如果林昭先開一句口，只叫一聲「王貴德」，他就可以跟他說話了。或者，就連王貴德也不叫，不管他說一句什麼，就算不是跟他講話，隨便跟誰講話，跟草講話，跟蟋蟀講話，跟樹葉子講話，跟風講話，只要林昭開口講話，他就可以和他搭腔了。

但是王貴德在林昭後面等了半天，林昭一句話也不說，他專心專意地去看他的蟋蟀去！

林昭不說話，王貴德當然不好老等，只好轉過身去，想學林昭的樣子，也抓兩個蟋蟀，看蟋蟀耍武藝。他想好之後，立刻跑到牆根底下，去找蟋蟀。

王貴德一下子就抓到了兩個大蟋蟀，可是沒有拿好，逃掉了一個。他就去追，一追給抓住了。可是還沒有鬥呢，林昭突然跑過來，奔到王貴德身邊，一把拖住他的膀子，氣呼呼地嚷著：

「快去！快去！告訴老師，他回來了！張昆回來了！」

王貴德抬頭一看，在大道上，在通到大廣坪的那條大道上，在紅紅的太陽下邊，前幾天逃走的那個張昆走過來了。他的頭髮長得很長，衣服又破又髒，他的臉又瘦又黃，垂頭喪氣，像個打敗仗的公雞。

王貴德一眼看見張昆，他就覺得他變了；現在這個張昆，不是從前那個張昆了；不是從前那個會洗硯臺，會挺著筆直的胸脯，跑到老師跟前去講道理，會活潑蹦跳的張昆，而是一個又髒又苦，又愁又愣的張昆了！張昆變了！

王貴德被林昭一拖，嚇了一跳，剛抓在手上的第二個蟋蟀又乘機逃走，逃到遠遠的地方去了。他又不知道怎麼樣才好，他的手應該怎麼放，腿應該怎麼走，他的眼睛和嘴應該如何動作！

他感到他的頭有些昏，身體飄呀飄的。他的腦子裡立刻放著許許多多電影。他覺得他的身體像一個風箏，一陣風吹過來，把他吹上天；又一陣風吹過來，把他吹上樹；又一陣風把他從樹上吹落到地下；然後，又一陣風，把他吹得在地下翻了幾個滾。直到湯老師跑到他面前，說：「王貴德，你怎麼傻住了！」他的腦子才明白過來。

二

第二天，一清早大家開檢討會：檢討大家的工作，也檢討張昆。一開始就叫張昆站到臺上，他才站上去，大家就哄呀哄地嚷起來：

「叫他說，小雞哪去了！」

「叫他說，小雞怎麼拿走的！」

「叫他說，是不是他把毛豆和辣椒裝在襪子裡，蘋果裝在褲裡的？」

「問問他，他為什麼不把自己的褲子脫下來裝蘋果？為什麼偷了蘋果，還要偷褲子？」

「我想他偷褲子的目的不是偷褲子；是因為要偷蘋果。他沒有辦法拿蘋果，順便偷條褲子去裝蘋果的！」

「不是的，我想他偷褲子，就是要偷褲子；不是因為要偷蘋果，順便偷條褲子去裝蘋果的！」

「我擁護這一條道理。他既能賣蘋果，又能賣褲子，他能雙方得錢！」

「我說不是的，是預備吃了蘋果去賣褲子的！」

王貴德坐在一個角落——這是一個烏黑的，靠著牆壁，牆壁上掛了許多乾豆莢和苞米，牆腳下放著一大堆鏟子跟鶴嘴鋤的角落——裡。胡思亂想，大家說話的聲音一陣高一陣低，王貴德的心也碰通碰通地一上一下。

「我主張現在大家不要說，讓張昆先說。等張昆說完以後，我們再補充發言。大家贊成不贊成？」小組長站起來，規規矩矩提議。

「贊成！」

「贊成！」

「贊成！」

大家安靜了一陣子；但是幾分鐘之後，又哄哄地嚷起來：

「說說看，伙夫同志的衣服呢？問問他，是不是他偷走的？」

「問問他，二十六個小雞怎麼拿的？」

「叫他說，賣了錢去幹什麼的？」

「我知道，他到大連市場去吃東西了！」

「我猜他吃過糖。他享樂主義！」

「我猜他去吹過糖娃娃！上次他說過，他喜歡吹糖娃娃。我說，『那是浪費的。』他說，『那不算浪費。』他主觀主義！」

「我猜想，他去吃過餃子了！把公家的東西偷去賣錢，賣了錢吃餃子，他犯個人主義！」

「好了，好了，夠了，不要扣帽子了！小組長剛才提議了，叫大家不要搶著說話。再要不聽，就要受批評了！」湯老師用很高興的聲音把吵鬧壓下來。然後又對張昆說：

「你為什麼還不說話呢？今天毛主席領導我們，我們窮人翻了身。我們有房子住，有飯吃，還有果園。果園是我們自己的，果園裡長的東西也是我們自己的，果園和學校都是我們的家。你說說看，為什麼待在家裡不好，要逃出去？在家裡有東西不好，要把家裡的東西偷到外面去？」

湯老師說完，張昆抬起頭來望望大家，他還沒有開口，下面又嚷起來！

「時候不早了，再不說我們就要扣帽子了！」

湯老師鼓一鼓眼睛，大家又安靜下來。

講臺高起來，靠著視窗，院子裡的太陽反映到講臺上，臺上顯得特別明亮。

因此，站在臺上的張昆，樣子就顯得清清楚楚。他的下巴尖了，眼睛凹下去，臉上又黃又黑，又瘦又難看。好像有堆重東西壓在頭上，肚子軟綿綿的。

會場上靜了好一陣子，大家都等待著張昆說話。而且大家好像都抱了一種新的希望在等著，等待一種新奇的事件。

等了一陣，大家又有些嘰哩喳啦的時候，張昆突然大聲地說：

「我要說了，聽我報告！」

張昆剛開頭，臺下又嚷起來：

「能夠悔過的是光榮的！」

「悔過是勇敢的！」

「我擁護這條道理！」

湯老師又鼓了一次眼睛，大家不說話了。

臺下安安靜靜，張昆一下子把話說完了。

張昆說的話很長，不但很長，有時候一句話說兩遍，說完兩遍之後，回過頭來再說一遍。而且他說得不清不楚，幾乎每一句話裡面都有「那麼」「還有」「所以」這一類的字眼。我們不能按照他所說的完全記下來，可是我們能夠把他說話的重點告訴大家；而且這些重點都是很坦白誠實，是大家所愛聽的。他說：

「小雞是我偷的。我要逃出去，那是因為，我要出去，所以我要逃。因為，我在學校裡害怕檢討。還有，我害怕上算術，我也不喜歡掃地。因為我從來沒有算過算術；還有，也沒有檢討，也不掃地。……」

「那麼你為什麼要回來呢？」大家又嚷起來。

「說說看呀！」

「因為我肚裡餓，沒得吃的。因為，我再也不想逃了。因為，我走在街上，人家都罵我小混蛋，罵我不是好料；罵我懶，不想幹，盡要吃的。學校裡從來沒人罵過我的。」

「小雞是不是你偷的？衣服是不是你偷走的？」

「因為我要出去，我就偷了小雞；我用衣服包小雞的！」

「現在還怕不怕檢討呢？」

「不怕！我擁護檢討！我偷東西，逃走，我犯了錯，我是回來檢討的！還有，我已經賣了小雞，也賣了衣服，我買了，吃了，什麼也沒有了！我再也不幹了，再也不逃走，不偷東西。我知道，那是頂不好的，我再也不幹，再也不敢了！」

張昆說完，預備往臺下走，下面又嚷起來：

「我們還不算你完了，還有東西沒有說呢！」

「還有蘋果，還有辣椒豆子呢！」

「還有兩隻襪子和一條褲子呢！」

「說出來！要說得正確，一點一滴地說出來！」

「我沒有偷辣椒跟豆子，我實在不知道。我只知道我偷了小雞，用衣服包的。不知道別樣東西！我實在，實在不知道呢！」

下面又亂哄哄地嚷起來：

「湯老師，他不坦白，要處罰他！」

「湯老師，罰他掃地！」

「我主張罰他掃院子！」

「掃院子不好，院子是大家要掃的，我主張罰他掃茅房！」

「都掃，也掃院子，也掃茅房！」

「不給他蘋果吃！」

張昆急了，一下子伏在桌上，嗚嗚地哭起來：

「我不知道，我真不知道，因為，我實在是沒有拿呢……」

這時候湯老師站起來，發言道：

「聽我說，我們今天檢討張昆，有兩個目的：第一個目的，檢討不是要罰他，因為他犯了錯，我們要幫他改錯。第二個目的：我們檢討張昆不只是要幫助張昆，而是要在檢討張昆的時候，讓大家都想一想，看有沒有犯過像張昆一樣的過錯：不坦白，不老實，不愛勞動，不愛學習，不守紀律，想跑到外面去閒遊懶散去。大家想一想，想一想！」

大家不說話了。這時候坐在王貴德旁邊的，不亂說話的小組長站起來說：

「我認為，張昆偷衣服、偷小雞、逃走，他已經坦白反悔了，我們應該表揚他。別的事情我們應該一方面給他打通思想，同時進行調查研究。現在讓他下去，慢慢地想一想。讓別人也想一想，給他補充意見。大家贊不贊成？」

臺下又紛紛地嚷起來：

「贊成！」

「贊成！」

「贊成！」

張昆樣子很高興，他的腿好像很輕鬆，他很快地走下臺去了。

我們以先不是說過嗎？張昆逃走以後，王貴德希望立刻把他抓回來，抓回來好挨罵受處分。因為王貴德恨他。後來王貴德又不希望把張昆抓回來，因為張昆一回來，大家一定要檢討，一檢討，張昆一定不承認王貴德偷的東西；張昆不承認，王貴德鬧的禍就要弄穿。弄穿以後，不但要受批評處分，而且人家知道他的主意，他就不能再逃了。可是等到張昆回來，他的想法變了：第一，他看見張昆的樣子那麼悲哀，那樣慘，他反倒可憐他，不恨他了。其次看見張昆的慘樣子，他知道逃出去有那麼大的壞處，他不想逃了。不過，雖然不想逃，偷東西的事要保守祕密，絕對不講。

因此檢討會一開頭，王貴德就坐在角落裡，望著一個神頭怪臉的大鶴嘴鋤，和一串擠眉絡眼的乾豆莢，心裡種種地亂跳，直怕有人說：

「王貴德，坦白出來，蘋果是不是你偷的？」

「王貴德，你是不是準備逃走的？」

「王貴德，不說是要罰你的！」

等到看見張昆坦白，他覺得張昆很勇敢，他佩服張昆。佩服張昆，就覺得自己不對。又聽老師說檢討張昆是要幫助別人；小組長說張昆坦白應該受表揚，而且要調查研究，他的想法又變了。他想，他現在不能再說謊了。

現在，他跟從前不一樣了，從前，他是一個不進步的懶孩子。現在，人家都說，他是一個好學生；人家都說，他工作得好；人家都說，他這次會要立功，會要得獎；人家都說，他這個工作組是一個模範組，他是個模範小組長。

好學生、好模範、好組長，這些東西都是光榮的。他常想，光榮是一種漂亮的，乾乾淨淨的，沒有一點灰土的東西；比方像一個亮燈泡，像一塊亮玻璃，像一面雪白的粉牆一樣。一個亮燈泡，一塊亮玻璃，一片雪白的粉牆，是該保持清潔，不能弄髒的；如果在這些漂亮的東西上弄一點髒的，那是很叫人可惜的。光榮也是要保持清潔的；一個光榮的人，又怎麼能夠有一點髒東西破壞他的光榮呢？如果光榮裡面有了「騙人」，有了「說謊」，有了「偷東西」，有了「不坦白」，也就像亮燈泡，亮玻璃，白粉牆上弄一塊髒的一樣；也是很叫人可惜的。他現在既是一個光榮的人，那只該叫人稱讚，怎麼能夠弄髒，叫人可惜呢？

想到這裡，他自己又打個比方，比方說：「把一件雪白的衣服弄髒，那自然是不好的；但是因為怕人看見，就把那塊髒的摺起來，也一樣不好；因為髒東西還在上面。既然在上面，總會讓人看到的，那還不如把它打開，叫人幫忙，把它洗掉。」

他就做了總結：「張昆就把他的髒衣服洗掉了，所以他顯得快活，走起路來很快。洗髒東西，就是坦白過錯。」

他又想：坦白就要把什麼都說出來，不轉怪念頭不想逃走了！為什麼還要逃走呢？當然不逃了，逃走有什麼好處呢？張昆不是一個榜樣嗎？去了幾天，就那種鬼樣子。——他覺得，現在張昆把具體的外面帶來給他看，叫他拿來跟學校裡比了——老師說：「果園和學校都是我們的家。」一點也不錯的。這些人多麼好，老師和小組長多麼好！不就是在家裡嗎？……想到這裡，他就把從前在街上的事想了一遍，「小金桂說不定現在變成什麼鬼樣子呢？那麼懶的。」——當然不是她願意懶，她不到好地方去，不懶又怎麼樣呢？——自己再要跟她一起，自己也要變鬼樣子的！

這時外面刮了一陣大風，院子裡掉下許多樹葉子。有一片樹葉子怕風，從窗戶裡一跳跳進來，躲在王貴德的椅子底下。風又從窗戶外邊追進來，把這張樹葉子吹得呼呀呼地直轉。王貴德看得腦袋昏昏的，覺得不好受，他只好把臉掉過去，咬著大拇指，望著窗子外面。

天原來是碧藍乾淨的，現在不知道從哪裡飛來幾片雲彩，輪流在太陽跟前晃來晃去。太陽是願意光光亮亮，乾淨明朗，不願意有東西遮擋，可是雲彩不講道理，偏要跑過去搗亂。雲彩和太陽鬥了半天，結果還是太陽勝利，雲彩跑掉了！

王貴德看太陽鬥爭雲彩，看得眼睛有些發花。在他發花的眼睛面前，好像看見兩個人影子：這兩個影子全是王貴德自己，一個是勤快的、誠實的、勇敢的；這就是小時候的，在家裡時候的王貴德。他是光榮的、漂亮的、乾淨的、好像地裡長出來的青蔥和白葡萄；這是誠實的，好勞動的父母教育的。另一個是懶惰的、會偷東西、會說謊話的；這就是在街上要飯的王貴德。這是髒汙的、難看的、好像他去撿煤渣的那個破渣堆。這些髒東西樣子是從街上學來的，從沒有人管，沒有人理睬的小金桂——他也知道，小金桂的壞樣子也是從街上學來的——和許多這類小孩子那裡學來的。

這兩個人站在他面前，一個是亮的，他在工作，他在笑。一個是黑的，他偷過東西，在說謊，很懶地躺在地下，他在哭。

他不知道他自己現在像哪一個；他喜歡起先那一個，他羨慕他，敬愛他，想學他的樣。他討厭後來這一個；他輕視他，恨他，他想用一拳頭打過去，想踹他一腳，把他踢出門外，踢到溝裡。他想打爛他，叫他不能翻身；好像他想揍死那個打翻墨水的日本小鬼一樣，他是害人的！

但是用什麼辦法呢？把自己幹的事通通說出來吧！怎麼說呢？怎麼開口？怎麼起頭呢？他急得臉通紅，腦袋上好像有許多小蟲子在咬。他想說話，又不敢，想哭，但是不好意思。怎麼辦呢？怎麼辦呢？

他想得太專心了，忘記嘴裡有個大拇指。因為恨那個壞影子，他就把牙齒狠命一咬，大拇指給咬疼了。大拇指一疼，他就想哭。這一下子他就哭起來了！

王貴德哭起來了！他像一個很小的小孩一樣哭起來了。他躲在一堆乾豆莢和苞米下邊，很傷心地哭起來了！

王貴德哭起來，大家都覺得奇怪了！

湯老師走到王貴德面前說：

「為什麼哭呢，王貴德，是肚子痛嗎？」

小組長跑過來：

「為什麼哭呢，王貴德？誰跟你彆扭了哇？」

許多小孩子都跑過來問：

「為什麼要哭呢，王貴德？誰欺負你了嗎？」

王貴德只管哭，不說話。

「大概他是肚子疼呢！」

「不是的。他前天摔倒了，我猜他準是腿疼！」

「我說呀，他大概是牙齒疼呢！我記得，上次吃牛肉的時候，他說他的牙齒疼的！」

「不是吃牛肉。我記得，那天是兒童節，工廠裡給我們送了薄荷糖，他吃薄荷糖的時候，說他牙齒疼的。」

「對了，他說他的牙齒長蟲。我還記得，他吃第六塊薄荷糖的時候，把薄荷糖吐在痰盂裡。我還看見薄荷糖上粘了一條蟲呢！」

「我也看見，是一條紅的小肉蟲。它還沒有死，還會動呢！」

「我也看見！」

「我也看見！」

小孩子都圍在王貴德面前，嘰哩喳啦地議論紛紛。

張昆不說話，兩隻眼睛愣愣地，看著王貴德。
小組長望望湯老師，低聲低氣地說：
「看他的樣子，倒像有一個思想包袱呢！」
於是湯老師就向大家搖搖手，說：
「不要胡扯，不要胡扯了！啊！坐到各人自己的位子上去，讓小組長去問他！」
小組長就走到王貴德跟前，低聲低氣地說：
「王貴德，你有什麼話，都說出來，告訴我和老師！你還有不敢說的話嗎？你哪裡不舒服，為什麼不高興，你有什麼不得了的事情，通通說出來！說出來我們才能幫助你，才能給你解決困難！」
王貴德還是哭，不說話。
小組長把他的話重複了一遍。又加上了兩句：
「老師剛才說過，檢討會是幫助人的。在檢討會上還不敢說話嗎？」
王貴德不哭了，用牙齒啃一啃手指甲，又用手去翻一翻衣服上的扣子。然後抬起頭來，翻翻眼睛，望望湯老師，又望了望小組長。就問小組長說：

「我隨便說什麼都不會挨罵嗎？」

小組長搖搖頭：

「只要你說話誠實，不會有人罵你。不會因為說老實話挨罵的！」

王貴德就上了臺。

上臺的時候，他又弄一弄紐扣，塞塞褲子。然後把兩條腿叉開，站得筆直，用他稍微帶一點啞的，但是很響很響的聲音說：

「我向大家報告：那些東西是我偷的，因為，因為我想逃。現在，果園和學校都是我的家，我再不想往外跑了。那包辣椒，蘋果和豆子，就算我沒有拿，因為我不要了，我悔過了。……我現在知道，我想通了，逃出去一點也不好，因為那是懶的說法。我知道，這種人是壞的，因為要懶，要說假話。還是在學校裡好，又念書，又勞動，光榮。我要做個光榮的人，不懶惰、不偷東西、不說謊。我知道，這種人是有用的，好人！偷了東西自己說出來，說出來就是……說出來就是，就是，」他又塞塞褲子，「就是，再也不偷了！要做一個改過的新人了……」

王貴德說完話，臺下面嘩啦啦一陣鼓掌。鼓掌的時候，大家都望著他，大家對他都覺得驚奇，大家都覺得他勇敢，大家對他都表示佩服。

大家對王貴德沒有意見，王貴德說完話就下臺。走下臺去的時候，他低著頭，不敢看人，也沒有笑。但是他覺得他的身上很輕鬆，心裡很舒服。他的心裡從來沒有這樣舒服過的！

檢討會開完了。

三

檢討會開完以後，大家都叫王貴德是「帶頭悔過的」。

湯老師說他是誠實坦白的；他自己覺得他是漂亮英勇的。

湯老師叫大家向他學習。小組長叫大家向他看齊。

散會的時候，許多人找他去玩：

「王貴德，我們去喂螞蟻！」

「王貴德，我們去挖蛐蟮。」

林昭跟他說：

「走！我們掏蟋蟀去！」

張昆看看王貴德，笑一笑，一下子就抓一個蜻蜓塞在他的衣服口袋裡。

第二天突擊開始，他工作得比以先還要積極，還要勇敢；工作越是積極，他心裡就越高興。

他走過小泉水旁邊，他覺得泉水又清又涼，好像他那乾乾淨淨的光滑滑的身體。太陽照在他身上，他覺得太陽熱烘烘的，亮堂堂的，好像他的胸脯，好像他的心！

每天早上，他打開窗戶，太陽望著他笑。在樹上，鳥兒給他唱歌。

下午，他工作完畢，走回來的時候，小泉水給他奏音樂。

晚飯後，他坐在廣場，紅的雲彩配上藍色的天，天空給他出現美好的圖畫。

晚上，他睡上床的時候，蟋蟀在他的窗子外面，在那長著青草的牆邊，輕輕地給他唱著催眠歌。然後有一陣幽涼的風吹進他的窗戶，他感到又是疲勞，又是舒服，然後就很安穩而甜蜜地走進他的夢中；進到有蘋果的香氣，有唱歌的聲音，有漂亮的風景的夢裡去。

他覺著他到了一個頂快活的世界：不管什麼時候，他都感到快活。他沒有苦惱，沒有幹不通的主意。他滿意他的生活，滿意工作。他覺著，當他工作的時候，大家都在稱讚他：小鳥在稱讚他，太陽在稱讚他，風也在稱讚他。都說他勤快，說他英勇。

因為他很喜歡他的工作，他願意去幹，他就不怕困難；不怕颳風下雨，不怕有碎石頭的、難走的小道。不怕晒在身上立刻就要冒出大汗來的太陽。——因為他從小就有個經驗，那就是：要生活是沒有不幹難事的。用一個大桶去打水，水桶比他身體粗，他拿起來是困難的。但是不去弄水就沒有水喝。大清早上起來切草，喂騾子，夏天裡，身上冒大汗，冬天裡，早上烏黑的，風像扎草刀一樣厲害，扎草刀那麼重，扎草是很難的。但是大清早上不扎草，父親就趕不上去趕大車。父親不趕大車，家裡就沒得吃的。背一個大筐子去撿煤渣，也是很難的。但是不撿煤渣，苞米麵就不夠。總之，不做一件難事情，是什麼也辦不到的；沒得吃，沒得喝，沒得穿的。因此，他要幹一件事，要達到目的，他就什麼都不怕。——他不但不怕，正相反，他以為和許多難辦的事物去鬥爭，是一種叫人佩服的英勇的行為。因此，有時候，當他要進果園的時候，天上忽然來了一片烏雲，刮起一陣大風，我們知道，這種現象是就要下雨的。這時候，湯老師就說：

「不要去吧，就要下雨了。淋了雨要生病的呢！」

王貴德就回答她：

「不怕的，我是不怕雨的。包蘋果要緊呢！」

說過之後他呼呼地跑出去。湯老師只好嘆口氣，說：

「這個小孩子總是不聽話的！」

湯老師還想用別一句話來止住他，可是他已經呼呀呼地跑進樹林去了。

有時候，在進樹林以前，王貴德忘記穿鞋，湯老師喊起來：

「穿上鞋吧，要不然，小石頭要把你的腳扎出窟窿來的呢！」

王貴德就說：

「這個我是不怕的！穿鞋是要耽誤工夫的！」說完之後，又呼呀呼地奔進樹林去了。

當然，這是不好的。他有好幾次讓雨淋濕了衣服，腳上流著通紅的血回來。為了這個，湯老師說過他兩次。不過說過之後，第二天他又忘記了。因為他總想著，包蘋果是要緊的！

王貴德一直是這樣工作，直到突擊完了為止。

競賽完畢，王貴德被大家評為特等勞動模範。

大連市正在選舉勞動模範；選舉農業模範，選舉工業模範。選舉重工業和輕工業模範。在我們的勸業工廠附屬小學，在秋季開始的蘋果園裡，選舉了小勞動模範。

大家都知道，在勸業工廠附屬小學，在蘋果園裡出了一個特等模範，名叫王貴德。大連市民政局知道王貴德，大連市人民政府知道王貴德，大連縣知道王貴德，全個大連都知道王貴德。

新聞記者知道王貴德，劇作家知道王貴德，畫家和音樂家知道王貴德，小說家和詩人也知道王貴德。王貴德的小朋友小金桂也知道王貴德。

大連市人民政府派人到果園裡去慰問。大連市民政局派人送信去表揚，大連縣和許多地方都派人去送慰勞獎品。

新聞記者把王貴德的照片登在報上；劇作家，要把王貴德編成戲，在戲院子裡去上演。畫家要給他畫像，音樂家要給他寫歌曲，讓大家去歌唱。小說家要把他寫成感動人的故事，詩人要把他寫成最美麗的詩章。兒童畫報館把王貴德的像貼在街上。小金桂要進勸業工廠附屬小學，說她再也不願意在街上遊手好閒，她要作一個光榮的肯勞動的人；要學王貴德的樣！

王貴德再也不跟人彆扭，也沒人跟他吵架。他成為一個最光榮的，叫人跟他學習的，被人擁護的，肯勞動的好學生。他的心再也不因為發慌而碰通碰通打鼓！

他不管什麼時候都快活，不管什麼時候都睡得好覺。

這時候，因為工作得很疲勞，他睡在蘋果園裡。睡在因為他保護得好，蘋果長得很漂亮的蘋果樹下邊，聽著一篇很有趣的故事呢！直到許多小孩子走近他身邊，推了他的膀子，叫他去開慶功大會，他才醒來！

這是一個很漂亮的慶功大會，四個勞動模範——除開王貴德是特等勞動模範以外，還有一個一等模範，兩個二等模範——都戴了大紅花。會場上掛了毛主席和朱德司令的像，掛了史達林同志的像，還掛了有名的勞動英雄的像。貼上標語，標語有「共產黨萬歲！」「毛主席萬歲！」「蘇軍萬歲！」「勞動創造世界！」「擁護光榮的勞動模範！」

會場上還擺了花，擺了一籃一籃的蘋果。蘋果籃子上還紮了紅色的，綠色的和黃色的絲帶。

開會的時候，一開頭是湯老師說話。她的話說得很簡單，但是王貴德很愛聽。湯老師說：「蘇軍和共產黨叫窮人翻身！」這句話說得很對。他覺得打蘇軍來起，他真是翻了身。湯老師說：「日本帝國主義雖然被打跑了，但是它沒有死，還能作怪；還跟美帝國主義和反動派勾在一起，侵略我們。我們要繼續打敵人，報仇雪恨。打敵人的辦法，就是努力學習，努力生產，加強自己！」這些話王貴德很贊成，他贊成這些話的時候，還偷偷地摸了一下他的缺指頭。

湯老師說完話就是娛樂表演。表演節目很多，有說故事、說笑話——不過說笑話的那個孩子說得不好，他還沒有把別人逗笑，他自己先笑了——裝狗叫、裝蛤蟆叫。最好的節目是小孩子自編自演的一個話劇，《新中國的小主人》。

娛樂完了以後，就發獎品。四個勞動模範的獎品都不一樣，王貴德得到的最多。他得了兩把牙刷，兩塊白毛巾，兩塊香胰子。一盒水果糖，一盒雞蛋糕——蛋糕和他上次偷吃過的一樣——還有一個玩具工廠送來的，眼珠子會動的小牧童。小牧童的眼珠很像他從前那個泥娃娃。

最後，唱了〈勞動小英雄〉的歌，大家就去休息睡覺。

月亮從窗戶外面透進來，照到王貴德的床上，照到他枕頭邊的大紅花，照到他的臉。他在笑，他的眼睛在發光。他高興得睡不著覺，抱著一大堆獎品，想著他快活的事情。

他想到漂亮的練習本，想到寫字，想到包蘋果。蘋果包完了要回學校，他就想到回學校以後，他的字要寫得更好，算術題要不做錯。背書的時候一句也不漏掉。他不再偷東西，不再說謊。不再跟人吵架。明年的蘋果套子他要糊得更多，而且要包得更快更好。

他想得很多很多，想到從前，想到現在，還想到往後。幾乎他所要想的他都想了。他希望所有的小孩子都不偷東西，都不說謊，都不懶惰。他希望大街上不再有他從前那樣又懶又髒，又苦又餓的小孩子。

他希望世界上有許多像他所進的這所學校，希望有許多蘋果園。小孩子冬天和春天在學校裡念書，夏天和秋天就來蘋果園裡歇夏，包蘋果。

他想來想去，眼睛面前就出現了一幕一幕的電影；五彩的電影。有山有水，有樹有花，有蜜蜂和蜻蜓在飛舞，有小鳥在歌唱的電影；有許多小孩子在工作，有許多小孩子在念書，有許多小孩子在遊戲，有許多很快活很快活的小孩子的電影。他一面想，一面用手摸著獎品和大紅花。然後讓獎品上的五色花紙，和大紅花遮住他的臉，替他遮住窗外透進來的月光，他就閉住眼睛。然後把他在眼前所看見的五彩的，發光的，又是美麗又快活的圖畫裝在他的眼珠子裡，然後把這些帶到夢裡去！

第二天是星期天，又是競賽以後的休息日，不要早起；他就睡得很充足，起得很遲。直到月光從屋子裡偷偷地爬出去，太陽光又從窗戶外面偷偷地跳進來，蘇軍又在果園後邊的荒地裡幫老百姓運肥料，小孩子又在廣場上唱歌：

蘇軍解放大關東，
糧食豐收果子紅，
翻身解放要中蘇好，
結果豐收靠勞動。

故事說到這裡，你們大概要問，「王貴德現在還想不想小金桂呢？」讓我告訴你們。

王貴德當然是想小金桂的。我剛才說的話太多，忘了告訴你們，昨天晚上他還夢見她呢。今天早上，他起來以後，抱著小牧童，走到大廣場上，望著小牧童的眼睛，就在想小金桂。

可是事情真巧，我告訴你們：王貴德正在想小金桂的時候哇，一抬頭突然看見一個人。你們猜這個人是誰，這個人是陳大嬸。陳大嬸知道小孩子們天天上樹，衣服又扯破了，她又來給他們補衣服。我們小孩們要整整齊齊地來，也要整整齊齊地去。還能說，破衣爛褂地回學堂去嗎？

小孩們就愛叫陳大嬸講故事。現在陳大嬸坐在板凳上，小孩們圍住她，嚷著：

「陳大嬸，講個故事吧！」

陳大嬸就說：

「我還有什麼故事呢？好，就把上次那個故事接下去吧！」她就把上次的故事接下去：

「告訴你們，上次我不是說，我打我的女兒，我的女兒逃走出去，再不回來了嗎？你們知道哇，昨天哪，她被派出所裡的人送到我們學堂來了。我現在很愛她，再不打她了！」

陳大嬸說到這裡，一個小孩子就問：

「她叫什麼名字呀？」

另一個就問答：

「我聽說了，叫小金桂、小金桂的。」

「你怎麼不帶她來呢？」又一個小孩子問。

「不是來了嗎？你瞧，那就是！」又一個小孩子說。他用手指著一個圓臉的小姑娘。那個小姑娘正站在一大堆小孩旁邊，在聽他們唱歌呢！

王貴德一聽小金桂的名字，心裡就碰通碰通直跳。又知道陳大嬸是小金桂的媽，他愣住了，他好像在做夢。然後，他的眼前就像閃電一樣，閃出許多東西：錢串子，老虎灘，小金桂跟他說話：「趕快走！趕快走！」「我後媽打我，……她帶派出所裡的人來抓我……」他和小金桂在老虎灘跑……閃來閃去；他又像是做了夢醒來。後來又聽說小金桂來了，他又像在做夢。他慌裡慌張地回過頭去，一回頭就看見小金桂。小金桂還是跟從前一樣，一個小圓臉，兩塊小紅嘴巴。臉好像比從前長了一些，紅嘴巴尖了一點，但是長得更有趣了。這時候他又像是從夢裡醒過來。

王貴德回頭去看小金桂的時候，小金桂也抬起頭來，看見了王貴德。她一見他，就把眼睛睜得圓圓亮亮，好像不知道有多少話要跟他講。但是她不好意思，只好把身子一扭，低下頭，紅著臉，去玩她的小紅手帕。

王貴德看見了小金桂，你們猜猜看，這時候他心裡是個什麼味道？不用提，他高興得了不起，簡直不知怎麼辦才好。可是，你們知道，他心眼裡的花樣真多，他才壞呢！他一方面喜歡小金桂，另外一方面，哈，他心裡還有一些偷偷地看她不起！他心裡明白：他現在跟從前不同了，跟他和小金桂在一起的時候不一樣了。

他現在又會念書，又會寫字，又會算算術。還會糊蘋果套子，還立了功，得了獎，做了勞動模範。而小金桂呢，還跟從前一樣，什麼也不懂，什麼也不會。因為心裡有這些花樣，王貴德對小金桂就不知道怎麼樣表示才好，向她表示他對她親愛呢？還是表示他自己威風呢？他想來想去，拿不出主意。

恰好，這時候陳大嬸走到王貴德跟前，拉住王貴德的手，說：

「王貴德，你要幫助幫助小金桂才好呢！幫助她立個功，得個模範，學學你的樣子！你幫助小金桂，也要像你們老師幫助你那樣才對呢！……你看你從前是個什麼樣，現在是個什麼樣啊！」

陳大嬸這麼一說，王貴德突然想到自己從前那副彆扭樣子。若不是湯老師和小組長幫助他，老是王貴德這樣，王貴德那樣的，他自己今天說不定變成什麼鬼樣子呢！他又想，湯老師說過，「對好的要向他學習，對不好的要給他幫助。」「誰好誰壞都不是天生的。」「對人要團結互助才好呢！」那麼他對小金桂也應該互助的。如果他互助小金桂，小金桂可不是也會念書寫字，也會算算術，也會糊蘋果套，也會立功，也會得個模範的？想到這裡，王貴德不覺得驕傲了。既然不驕傲，當然也不會看不起小金桂，而且當他想到小金桂將來學好了，會變得比現在更可愛的時候，他就更加喜歡她，心裡沒有一點壞花樣了！

思想弄通了，王貴德真是高興了，高興得真是不知怎麼樣才好。他想跑到小金桂跟前，想拉她的手，想摸她的頭髮，想跟她說話。他想告訴她：他有糖，他有蛋糕，他有香胰子，他還有小牧童，他要送給她。他要把他所有的好東西通通送給她。他還要告訴她：他會念書、寫字，會算算術，會糊蘋果套子，會包蘋果，他還得了勞動模範。他要互助她，要把他會的東西都教給她，也讓她立個功，也讓她得個勞動模範。

但是他不好意思，這些好話他一句也沒有跟她說。他的眼睛裡閃著珍珠一樣的亮光，望望陳大嬸，望望小金桂，又望一望陳大嬸，又望一望小金桂，半天不響。最後走到那堆唱歌的小孩子旁邊，靠著小金桂，又望一望她，然後用他最快活，快活得連小牧童都會笑，用他最響，響得連蘋果園裡的蘋果都會聽到的聲音，跟大家一起唱起〈蘇軍解放大關東〉的歌；小金桂也跟著王貴德一起唱起來！

臺灣版後記

為重寫中國兒童文學史做準備

眉睫（簡體版書系策畫）

二〇一〇年，欣聞俞曉群先生執掌海豚出版社。時先生力邀知交好友陳子善先生參編海豚書館系列，而我又是陳先生之門外弟子，於是陳先生將我點校整理的梅光迪講義《文學概論》（後改名《文學演講集》）納入其中，得以出版。有了這個因緣，我冒昧向俞社長提出入職工作的請求。俞社長看重我對現代文學、兒童文學研究的能力，將我招入京城，並請我負責《豐子愷全集》和中國兒童文學經典懷舊系列的出版工作。

俞曉群先生有著濃厚的人文情懷，對時下中國童書缺少版本意識，且缺少人文氣質頗不以為然。我對此表示贊成，並在他的理念基礎上深入突出兩點：一是以兒童文學作品為主，尤其是以民國老版本為底本，二是深入挖掘現有中國兒童文學史沒有提及或提到不多，但比較重要的兒童文學作品。所以這套「大家小書」，頗有一些「中國現代兒童文學史參考資料叢書」的味道。此前上海書店出版社曾以影印版的形式推出「中國現代文學史參考資料叢書」，影響巨大，為推動中國現代文學研究做了突出貢獻。兒童文學界也需要這麼一套作品集，但考慮到兒童讀物的特殊性，影印的話讀者太少，只能改為簡體橫排了。但這套書從一開始的策劃，就有為重寫中國兒童文學史做準備的想法在裡面。

為了讓這套書體現出權威性，我讓我的導師、中國第一位格林獎獲得者蔣風先生擔任主編。蔣先生對我們的做法表示相當地贊成，十分願意擔任主編，但他畢竟年事已高，不可能參與具體的工作，只能以書信的方式給我提了一些想法，我們採納了他的一些建議。書目的選擇，版本的擇定主要是由我來完成的。總序也由我草擬初稿，蔣先生稍作改動，然後就「經典懷舊」的當下意義做了闡發。可以說，我與蔣老師合寫的「總序」是這套書的綱領。

什麼是經典？「總序」說：「環顧當下圖書出版市場，能夠隨處找到這些經典名著各式各樣的新版本。遺憾的是，我們很難從中感受到當初那種閱讀經典作品時的新奇感、愉悅感、崇敬感。因為市面上的新版本，大都是美繪本、青少版、刪節版，甚至是粗糙的改寫本或編寫本。不少編輯和編者輕率地刪改了原作的字詞、標點，配上了與經典名著不甚協調的插圖。我想，真正的經典版本，從內容到形式都應該是精緻的、典雅的，書中每個角落透露出來的氣息，都要與作品內在的美感、精神、品質相一致。於是，我繼續往前回想，記憶起那些經典名著的初版本，或者其他的老版本——我的心不禁微微一震，那裡才有我需要的閱讀感覺。」在這段文字裡，蔣先生主張給少兒閱讀的童書應該是真正的經典，這是我們出版本套書系所力圖達到的。第一輯中的《稻草人》依據的是民國初版本、許敦谷插圖本的原著，這也是一九四九年以來第一次出版原版的《稻草人》。至於解放後小讀者們讀到的《稻草人》都是經過了刪改的，作品風致差異已經十分大。俞平伯的《憶》也是從文津街國家圖書館古籍館中找出一九二五年版的原著來進行重印的。我們所做的就是為了原汁原味地展現民國經典的風格、味道。

什麼是「懷舊」？蔣先生說：「懷舊，不是心靈無助的漂泊；懷舊也不是心理病態的表徵。懷舊，能夠使我們憧憬理想的價值；懷舊，可以讓我們明白追求的意義；懷舊，也促使我們理解生命的真諦。它既可讓人獲得心靈的慰藉，也能從中獲得精神力量。」一些具有懷舊價值、經典意義的著作於是浮出水面，比如孤島時期最富盛名的兒童文學大家蘇蘇（鍾望陽）的《新木偶奇遇記》；大後方為少兒出版做出極大貢獻的司馬文森的《菲菲島夢遊記》，都已經列入了書系第二批順利問世。第三批中的《小哥兒倆》（凌叔華）《橋（手稿本）》（廢名）《哈巴國》（范泉）《小朋友文藝》（謝六逸）等都是民國時期膾炙人口的大家作品，所使用的插圖也是原著插圖，是黃永玉、陳煙橋、刃鋒等著名畫家作品。

中國作家協會副主席高洪波先生也支持本書系的出版，關露的《蘋果園》就是他推薦的，後來又因丁景唐之女丁言昭的幫助而解決了版權。這些民國的老經典，因為歷史的原因淡出了讀者的視野，成為當下讀者不曾讀過的經典。然而，它們的藝術品質是高雅的，將長久地引起世人的「懷舊」。

經典懷舊的意義在哪裡？蔣先生說：「懷舊不僅是一種文化積澱，它更為我們提供了一種經過時間發酵釀造而成的文化營養。它對於認識、評價當前兒童文學創作、出版、研究提供了一份有價值的參照系統，體現了我們對它們的批判性的繼承和發揚，同時還為繁榮我國兒童文學事業提供了一個座標、方向，從而順利找到超越以往的新路。」在這裡，他指明了「經典懷舊」的當下意義。事實上，我們的本土少兒出版是日益遠離民國時期宣導的兒童本位了。相反地，上世紀二三十年代的一些精美的童書，為我們提供了一個座標。後來因為歷史的、政治的、學術的原因，我們背離了這個民國童書的傳統。因此我們正在努力，力爭推出真正的「經典懷舊」，打造出屬於我們這個時代的真正的經典！

但經典懷舊也有一些缺憾，這種缺憾一方面是識見的限制，一方面是因為審稿意見不一致。起初我們的一位做三審的領導，缺少文獻意識，按照時下的編校規範對一些字詞做了改動，違反了「總序」的綱領和出版的初衷。經過一段時間磨合以後，這套書才得以回到原有的設想道路上來。

欣聞臺灣將引入這套叢書，我想這對於臺灣人民了解大陸的兒童文學是有幫助的。林文寶先生作為臺灣版的序言作者，推薦我撰寫後記，我謹就我所知，記述於上。希望臺灣的兒童文學研究者能夠指出本書的不足，研究它們的可取之處，為重寫兩岸的中國兒童文學史做出有益的貢獻。

二〇一七年十月於北京

眉睫，原名梅杰，曾任海豚出版社策劃總監，現任長江少年兒童出版社首席編輯。主持的國家出版工程有《中國兒童文學走向世界精品書系》（中英韓文版）、《豐子愷全集》《民國兒童文學教育資料及研究》，主編《林海音兒童文學全集》《冰心兒童文學全集》《豐子愷兒童文學全集》《老舍兒童文學全集》等數百種兒童讀物。二〇一四年度榮獲「中國好編輯」稱號。著有《朗山筆記》《關於廢名》《現代文學史料探微》《文學史上的失蹤者》，編有《許君遠文存》《梅光迪文存》《綺情樓雜記》等等。

民國時期經典童書 A0801018

蘋果園

作　　者 關　露
版權策劃 李　鋒

發 行 人 陳滿銘
總 經 理 梁錦興
總 編 輯 陳滿銘
副總編輯 張晏瑞
編 輯 所 萬卷樓圖書(股)公司
特約編輯 沛　貝
內頁編排 林樂娟
封面設計 小　草
印　　刷 百通科技(股)公司

出　　版 昌明文化有限公司
　　　　 桃園市龜山區中原街 32 號
電　　話 (02)23216565
發　　行 萬卷樓圖書(股)公司
　　　　 臺北市羅斯福路二段 41 號 6 樓之 3
電　　話 (02)23216565
傳　　真 (02)23218698
電　　郵 SERVICE@WANJUAN.COM.TW
大陸經銷
廈門外圖臺灣書店有限公司
電郵 JKB188@188.COM

ISBN 978-986-496-079-8
2017 年 12 月初版一刷
定價：新臺幣 300 元

如何購買本書：
1. 劃撥購書，請透過以下帳號
   帳號：15624015
   戶名：萬卷樓圖書股份有限公司
2. 轉帳購書，請透過以下帳戶
   合作金庫銀行古亭分行
   戶名：萬卷樓圖書股份有限公司
   帳號：0877717092596
3. 網路購書，請透過萬卷樓網站
   網址 WWW.WANJUAN.COM.TW
   大量購書，請直接聯繫，將有專人為您服務。(02)23216565 分機 10

如有缺頁、破損或裝訂錯誤，請寄回更換

國家圖書館出版品預行編目資料

蘋果園 / 關露著 . -- 初版 . -- 桃園市 : 昌明文化出版 ; 臺北市 : 萬卷樓發行 , 2017.12
面 ;　公分 . -- (民國時期經典童書)
ISBN 978-986-496-079-8(平裝)

859.08　　106024157